季羡林 著

人生缓缓自有答案

江苏凤凰文艺出版社

只 为 优 质 阅 读

好
读

Goodreads

就是在那种极其困难的环境中，人生乐趣仍然是有的。在任何情况下，人生也绝不会只有痛苦。

要待在人间,就必须受时间的制约。
在时间面前,人人平等。

纵浪大化中,不喜亦不惧。
应尽便须尽,无复独多虑。

吃饭穿衣是为了活着,
但是活着绝不是为了吃饭穿衣。

在世态炎凉中,
还有不炎凉者在。

人人有一本难念的经。
所以我说不完满才是人生。

代序

山中逸趣

置身饥饿地狱中,上面又有建造地狱时还不可能有的飞机的轰炸,我的日子比地狱中的饿鬼还要苦上十倍。

然而,打一个比喻说,在英雄交响乐的激昂慷慨的乐声中,也不缺少像莫扎特的小夜曲似的情景。

哥廷根的山林就是小夜曲。

哥廷根的山不是怪石嶙峋的高山,这里土多于石,但是确又有山的气势。山顶上的俾斯麦塔高踞群山之巅,在云雾升腾时,在乱云中露出的塔顶,望之也颇有蓬莱仙山之概。

最引人入胜的不是山,而是林。这一片丛林究竟有多大,我住了十年也没能弄清楚,反正走几个小时也走不到尽头。林中主要是白杨和橡树,在中国常见的柳树、榆树、槐树等,似乎没有见过。更引人入胜的是林中的草地。德国冬天不冷,草几乎是全年碧绿。冬天雪很多,在白雪覆盖下,青草也没有睡觉,只要把上面的雪一扒拉,青翠欲滴的草立即显露出来。每到冬春之交时,有白色的小花,德国人管它叫"雪钟儿",破雪而出,成为报春的象征。再过不久,春天就真的来到了大地上,林中到处开满了繁花,一片锦绣世界了。

到了夏天,雨季来临,哥廷根的雨非常多,从来没听说有什么旱情。本来已经碧绿的草和树木,现在被雨水一浇,更显得浓翠逼人。整个山林,连同其中的草地,都绿成一片,绿色仿佛塞满了寰中,涂满了天地,到处是绿,绿,绿,其他的颜色仿佛一下子都消逝了。雨中的山林,更别有一番风味。连绵不断的雨丝,同浓绿织在一起,形成一张神奇、迷茫的大网。我就常常孤身一人,不带什么伞,也不穿什么雨衣,在这一张覆盖天地的大网中,踽踽独行。除了周围的树木和脚底下的青草以外,仿佛什么东西都没有,我颇有佛祖释迦牟尼的感觉,"天上天下,唯我独尊"了。

一转入秋天,就到了哥廷根山林最美的季节。我曾在《忆章用》一文中描绘过哥城的秋色,受到了朋友的称赞,我索性抄在这里:

哥廷根的秋天是美的，美到神秘的境地，令人说不出，也根本想不到去说。有谁见过未来派的画没有？这小城东面的一片山林在秋天就是一幅未来派的画。你抬眼就看到一片耀眼的绚烂。只说黄色，就数不清有多少等级，从淡黄一直到接近棕色的深黄，参差地抹在一片秋林的梢上，里面杂了冬青树的浓绿，这里那里还点缀上一星星的鲜红，给这惨淡的秋色涂上一片凄艳。

我想，看到上面这一段描绘，哥城的秋山景色就历历如在目前了。

一到冬天，山林经常为大雪所覆盖。由于温度不低，所以覆盖不会太久就融化了；又由于经常下雪，所以总是有雪覆盖着。上面的山林，一部分依然是绿的；雪下面的小草也仍旧碧绿。上下都有生命在运行着。哥廷根城的生命活力似乎从来没有停息过，即使是在冬天，情况也依然如此。等到冬天一转入春天，生命活力没有什么覆盖了，于是就彰明昭著地腾跃于天地之间了。

哥廷根的四时的情景就是这个样子。

从我来到哥城的第一天起，我就爱上了这山林。等到我堕入饥饿地狱，等到天上的飞机时时刻刻在散布死亡时，只要我一进入这山林，立刻在心中涌起一种安全感。山林确实不能把我的肚皮填饱，但是在饥饿时安全感又特别可贵。山林本身不懂什么饥饿，更用不着什么安全感。当全城人民饥肠辘辘，在英国飞机下心里忐忑不安的时候，山林却依旧郁郁葱葱，"依旧烟笼十里堤"。我真爱这样的山林，这里真成了我的世外桃源了。

我不知道有多少次，一个人到山林里来；也不知道有多少次，同中国留学生或德国朋友一起到山林里来。在我记忆中最难忘记的一次畅游，是同张维和陆士嘉在一起的。这一天，我们的兴致都特别高。我们边走，边谈，边玩，真正是忘路之远近。我们走呀，走呀，已经走到了我们往常走到的最远的界限，但在不知不觉之间就走了过去，仍然一往直前。越走林越深，根本不见任何游人。路上的青苔越来越厚，是人迹少到的地方。周围一片寂静，只有我们的谈笑声在林中回荡，悠扬，遥远。在林深处听到柏叶上有窸窣的声音，抬眼一看，是几只受了惊的梅花鹿，瞪大了两只眼睛，看了我们一会儿，立即一溜烟似的逃到林子的更深处去了。我们最后走到了一个悬崖上，下临深谷，深谷的那一边仍然是无边无际的树林。我们无法走下去，也不想走下去，这里就是我们的天涯海角了。回头走的路上，遇到了雨。躲在大树下，避了一会儿雨。然而雨越下越大，我们只好再往前跑。出我们意料之外，竟然找到了一座木头凉亭，真是避雨的好地方。里面已经先坐着一个德国人。打了一声招呼，我们也就坐下，同是深林躲雨人，相逢何必曾相识。我们没有通名报姓，就上天下地胡谈一通，宛如故友相逢了。

这一次畅游始终留在我的记忆里,至今难忘。山中逸趣,当然不止这一桩。大大小小、琐琐碎碎的事情,还可以写出一大堆来。我现在一律免掉。我写这些东西的目的,是想说明,就是在那种极其困难的环境中,人生乐趣仍然是有的。在任何情况下,人生也绝不会只有痛苦,这就是我悟出的禅机。

目录

辑一 凡是过往，皆为序章

> 我真觉得，人间是秀丽的。
> 我真觉得，生活是可爱的。

二月兰	/ 003
我的生活和学习	/ 010
大轰炸	/ 020
那提心吊胆的一年	/ 025
一条老狗	/ 032
悼念沈从文先生	/ 041
我的女房东	/ 047
大放光明	/ 056

人生缓缓,自有答案

明年,春天总会重返大地的。
它能让万物复苏,让万物再充满了活力。

晨趣	/ 067
一个盛刮胡子刀架的塑料盒	/ 070
咪咪	/ 073
听雨	/ 079
两行写在泥土地上的字	/ 085
芝兰之室	/ 089
园花寂寞红	/ 092
人间自有真情在	/ 096

风月都好看，人间也浪漫

我爱北京的小胡同，
北京的小胡同也爱我。

清塘荷韵	/ 101
月是故乡明	/ 107
上海菜市场	/ 110
富春江上	/ 113
我爱北京的小胡同	/ 119
神奇的丝瓜	/ 122
南国桃园	/ 126
马缨花	/ 129

种自己的花，爱自己的宇宙

人生在世一百年，天天有些小麻烦，
最好办法是不理，只等秋风过耳边。

做人与处世　　　　　　　　／ 137

我的座右铭　　　　　　　　／ 140

谦虚与虚伪　　　　　　　　／ 142

时间　　　　　　　　　　　／ 145

忘　　　　　　　　　　　　／ 150

傻瓜　　　　　　　　　　　／ 156

做真实的自己　　　　　　　／ 159

希望在你们身上　　　　　　／ 161

不要慌，太阳下山有月光

倒霉时，要想到走运，
不必垂头丧气。

论恐惧	/ 167
论压力	/ 170
走运与倒霉	/ 173
缘分与命运	/ 176
爱情	/ 179
论朋友	/ 186
漫谈消费	/ 189
成功	/ 194

人生小满胜万全

自古及今，海内海外，
一个百分之百完满的人生是没有的。

不完满才是人生　　　　　　　　/ 199

当时只道是寻常　　　　　　　　/ 202

人生的意义与价值　　　　　　　/ 205

三思而行　　　　　　　　　　　/ 208

毁誉　　　　　　　　　　　　　/ 211

知足知不足　　　　　　　　　　/ 214

有为有不为　　　　　　　　　　/ 217

糊涂一点，潇洒一点　　　　　　/ 220

辑一

凡是过往，皆为序章

事情已经过去了二十多年。

但是，每一回忆起那提心吊胆的情况，就历历如在眼前，我真是永世难忘。

二月兰

转眼,不知怎样一来,整个燕园竟成了二月兰的天下。

二月兰是一种常见的野花。花朵不大,紫白相间。花形和颜色都没有什么特异之处。如果只有一两棵,在百花丛中,绝不会引起任何人的注意。但是它却以多制胜,每到春天,和风一吹拂,便绽开了小花;最初只有一朵,两朵,几朵,但是一转眼,在一夜间,就能变成百朵,千朵,万朵。大有凌驾百花之上的势头了。

我在燕园里已经住了四十多年。最初我并没有特别注意到这种小花。直到前年,也许正是二月兰开花的大年,我蓦地发现,从我住的楼旁小土山开始,走遍了全园,眼光所到之处,无不有二月兰在。宅旁,篱下,林中,山头,土坡,湖边,只要有空隙的地方,都是一团紫气,间以白雾,小花开得淋漓尽致,气势非凡，紫气直冲云霄，连宇宙都仿佛变成紫色的了。

我在迷离恍惚中，忽然发现二月兰爬上了树，有的已经爬上了树顶，有的正在努力攀登，连喘气的声音似乎都能听到。我这一惊可真不小：莫非二月兰真成了精了吗？再定睛一看，原来是二月兰丛中的一些藤萝，也正在开着花，花的颜色同二月兰一模一样，所差的就仅仅是那一团白雾。我实在觉得我这个幻觉非常有趣。带着清醒的意识，我仔细观察起来：除了花形之外，颜色真是一般无二。反正我知道了这是两种植物，心里有了底，然而再一转眼，我仍然看到二月兰往枝头爬。这是真的呢，还是幻觉？——由它去吧。

自从意识到二月兰存在以后，一些同二月兰有联系的回忆立即涌上心头。原来很少想到的或根本没有想到的事情，现在想到了；原来认为十分平常的琐事，现在显得十分不平常了。我一下子清晰地意识到，原来这种十分平凡的野花竟在我的生命中占有这样重要的地位。我自己也有点吃惊了。

我回忆的丝缕是从楼旁的小土山开始的。这一座小土山，最初毫无惊人之处，只不过两三米高，上面长满了野草。当年歪风狂吹时，每次"打扫卫生"，全楼住的人都被召唤出来拔草，不是"绿化"，而是"黄化"。我每次都在心中暗恨这小山野草之多。后来不知由于什么原因，把山堆高了一两米。这样一来，山就颇有一点山势了。东头的苍松，西头的翠柏，都仿佛恢复了青春，一年四季，郁郁葱葱。中间一棵榆树，从树龄来看，只能算是松柏的曾孙，然而也枝干繁茂，高枝直刺入蔚蓝的晴空。

我不记得从什么时候起，我注意到小山上的二月兰。这种野花开花大概也有大年小年之别的。碰到小年，只在小山前后稀疏地开上那么几片。遇到大年，则山前山后开成大片，二月兰仿佛发了狂。我们常讲什么什么花"怒放"，这个"怒"字用得真是无比地奇妙。二月兰一"怒"，仿佛从土地深处吸来一股原始力量，一定要把花开遍大千世界，紫气直冲云霄，连宇宙都仿佛变成紫色的了。

东坡的词说："人有悲欢离合，月有阴晴圆缺，此事古难全。"但是花们好像是没有什么悲欢离合。应该开时，它们就开；该消失时，它们就消失。它们是"纵浪大化中"，一切顺其自然，自己无所谓什么悲与喜。我的二月兰就是这个样子。

然而，人这个万物之灵却偏偏有了感情，有了感情就有了悲欢。这真是多此一举，然而没有法子。人自己多情，又把情移到花，"泪眼问花花不语"，花当然"不语"了。如果花真"语"起来，岂不吓坏了人！这些道理我十分明白。然而我仍然把自己的悲欢挂到了二月兰上。

当年老祖还活着的时候，每到春天二月兰开花的时候，她往往拿一把小铲，带一个黑书包，到成片的二月兰旁青草丛里去搜挖荠菜。只要看到她的身影在二月兰的紫雾里晃动，我就知道在午餐或晚餐的餐桌上必然弥漫着荠菜馄饨的清香。当婉如还活着的时候,她每次回家,只要二月兰正在开花,她离开时,总穿过左手是二月兰的紫雾,右手是湖畔垂柳的绿烟,匆匆忙忙走去,把我的目光一直带到湖对岸的拐弯处。当小保姆杨莹还在我家时,她也同小山和二月兰结上了缘。我曾套清词写过三句话:"午静携侣寻野菜,黄昏抱猫向夕阳,当时只道是寻常。"我的小猫虎子和咪咪还在世的时候,我也往往在二月兰丛里看到她们:一黑一白,在紫色中格外显眼。

所有这些琐事都寻常到不能再寻常了。然而,曾几何时,到了今天,老祖和婉如已经永远永远地离开了我们。小莹也回了山东老家。至于虎子和咪咪也各自遵循猫的规律,不知钻到了燕园中哪一个幽暗的角落里,等待死亡的到来。老祖和婉如的走,把我的心都带走了。虎子和咪咪我也忆念难忘。如今,天地虽宽,阳光虽照样普照,我却感到无边的寂寥与凄凉。回忆这些往事,如云如烟,原来是近在眼前,如今却如蓬莱灵山,可望而不可即了。

对于我这样的心情和我的一切遭遇,我的二月兰一点也无动于衷,照样自己开花。今年[1]又是二月兰开花的大年。在校园里,眼光所到之处,无不有二月兰在。宅旁,篱下,林中,山头,土

---

[1] 此处指一九九三年。

坡，湖边，只要有空隙的地方，都是一团紫气，间以白雾，小花开得淋漓尽致，气势非凡，紫气直冲霄汉，连宇宙都仿佛变成紫色的了。

这一切都告诉我，二月兰是不会变的，世事沧桑，于它如浮云。然而我却是在变的，月月变，年年变。我想以不变应万变，然而办不到。我想学习二月兰，然而办不到。不但如此，它还硬把我的记忆牵回到我一生最倒霉的时候。在十年浩劫中，我自己跳出来反对北大那一位"老佛爷"，被抄家，被打成了"反革命"。正是在二月兰开花的时候，我被管制劳动改造。有很长一段时间，我每天到一个地方去捡破砖碎瓦，还随时准备着被红卫兵押解到什么地方去"批斗"，坐喷气式，还要挨上一顿揍，打得鼻青脸肿。可是在砖瓦缝里二月兰依然开放，怡然自得，笑对春风，好像是在嘲笑我。

我当时日子实在非常难过。我知道正义是在自己手中，可是是非颠倒，人妖难分，我呼天天不应，叫地地不答，一腔义愤，满腹委屈，毫无人生之趣。在很长一段时间内，我成了"不可接触者"，几年没接到过一封信，很少有人敢同我打个招呼。我虽处人世，实为异类。

然而我一回到家里，老祖、德华她们，在每人每月只能得到恩赐十几元钱生活费的情况下，殚精竭虑，弄一点好吃的东西，希望能给我增加点营养；更重要的恐怕还是，希望能给我增添点生趣。婉如和延宗也尽可能地多回家来。我的小猫憨态可掬，偎依在我的身旁。她们不懂哲学，分不清两类不同性质的矛盾。人视我为异类，她们视我为好友，从来没有表态，要同我划清界限。所有这一些极其平常的琐事，都给我带来了无量的安慰。窗外尽管千里冰封，室内却是暖气融融。我觉得，在世态炎凉中，还有不炎凉者在。这一点暖气支撑着我，走过了人生最艰难的一段路，没有堕入深涧，一直到今天。

我感觉到悲，又感觉到欢。

到了今天，天运转动，否极泰来，不知怎么一来，我一下子成为"极可接触者"，到处听到的是美好的言辞，到处见到的是和悦的笑容。我从内心里感激我这些新老朋友，他们绝对是真诚的。他们鼓励了我，他们启发了我。然而，一回到家里，虽然德华还在，延宗还在，可我的老祖到哪里去了呢？我的婉如到哪里去了呢？还有我的虎子和咪咪一世到哪里去了呢？世界虽照样朗朗，阳光虽照样明媚，我却感觉异样地寂寞与凄凉。

我感觉到欢，又感觉到悲。

我年届耄耋，前面的路有限了。几年前，我写过一篇短文，叫《老猫》，意思很简明，我一生有个特点：不愿意麻烦人。了解我的人都承认。难道到了人生最后一段路上我就要改变这个特点吗？不，不，不想改变。我真想学一学老猫，到了大限来临时，钻到一个幽暗的角落里，一个人悄悄地离开人世。

这话又扯远了。我并不认为眼前就有制订行动计划的必要。我还有很多事情要做，而且我的健康情况也允许我去做。有一位青年朋友说我忘记了自己的年龄。这话极有道理。可我并没有全忘。有一个问题我还想弄弄清楚哩。按说我早已到了"悲欢离合总无情"的年龄，应该超脱一点了。然而在离开这个世界以前，我还有一件心事：我想弄清楚，什么叫"悲"，什么又叫"欢"——是我成为"不可接触者"时悲呢，还是成为"极可接触者"时欢？如果没有老祖和婉如的逝世，这问题本来是一清二白的，现在却是悲欢难以分辨了。我想得到答复。我走上了每天必登临几次的小山，我问苍松，苍松不语；我问翠柏，翠柏不答。我问三十多年来目睹我这些悲欢离合的二月兰，它们也沉默不语，兀自万朵怒放，笑对春风，紫气直冲霄汉。

一九九三年六月十一日写完

我的生活和学习

关于生活，上面谈到的学生生活，我都有份儿，这里用不着再来重复。

但是，我也有独特的地方，我喜欢自然风光，特别是早晨和夜晚。早晨，在吃过早饭以后上课之前，在春秋佳日，我常一个人到校舍南面和西面的小溪旁去散步，看小溪中碧水潺潺，绿藻漂动，顾而乐之，往往看上很久。到了秋天，夜课以后，我往往一个人走出校门在小溪边上徘徊流连。我曾提到王崑玉老师出的作文题《夜课后闲步校前溪观捕蟹记》，讲的就是这个情景。我最喜欢看的就是捕蟹。附近的农民每晚来到这里，用苇箔插在溪中，小溪很窄，用不了多少苇箔，水能通过苇箔流动，但是鱼蟹则是过不去的。农民点一盏煤油灯，放在岸边。我在回忆正谊中学的文章中，曾说到蛤蟆和虾是动物中的笨伯。现在我要说，螃蟹绝不比它们聪明。在夜里，只要看见一点亮，就从芦苇丛中爬出来，奋力爬去，爬到灯边，农民一伸手就把它捉住，放在水桶里，等待上蒸笼。间或也有大鱼游来，被苇箔挡住，游不过去，又不知回头，只在苇箔前跳动。这时候农民就不能像捉螃蟹那样，一举手，一投足，就能捉到一只，必须动真格的了。只见他站起身来，举起带网的长竿，鱼越大，劲越大，它不会束"手"待捉，奋起抵抗，往往斗争很久，才能把它捉住。这是我最爱看的一幕。我往往蹲在小溪边上，直到夜深。

在学习方面，我现在开始买英文书。我经济大概是好了一点，不像上正谊时那么窘，节衣缩食，每年能省出两三块大洋，我就用这钱去买英文书。买英文书，只有一个地方，就是日本东京的丸善书店。办法很简便，只需写一张明信片，写上书名，再加上三个英文字母COD（Cash On Delivery），日文叫作"代金引换"，意思就是：书到了以后，拿着钱到邮局去取书。我记得，在两年之内，我只买过两三次书，其中至少有一次买的是英国作家吉卜林的短篇小说集。不知道为什么我当时竟迷上了吉卜林。后来学了西洋文学，才知，他在英国文学史上是一个上不得大台盘的作家。我还试着翻译过他的小说，只译了一半，稿子早就不知道丢到哪里去了。反正我每次接到丸善书店的回信，就像过年一般欢喜。我立即约上一个比较要好的同学，午饭后，立刻出发，沿着胶济铁路，步行走向颇远的商埠，到邮政总局去取书，当然不会忘记带上两三块大洋。走在铁路上的时候，如果适逢有火车开过，我们就把一枚铜圆放在铁轨上，火车一过，拿来一看，已经轧成了扁的，这个铜圆当然就作废了，这完全是损己而不利人的恶作剧。要知道，当时我们才十五六岁，正是顽皮的时候，不足深责的。有一次，我特别惊喜，我们在走上铁路之前，走在一块荷塘边上。此时塘里什么都没有，荷叶、苇子和稻子都没有。一片清水像明镜一般展现在眼前，"天光云影共徘徊"，风光极为秀丽。我忽然见（不是看）到离开这儿二三十里路的千佛山的倒影清晰地映在水中，我大为惊喜。记得刘铁云《老残游记》中曾写到在大明湖看到千佛山的倒影。有人认为荒唐，离开二十多里，怎能在大明湖中看到倒影呢？我也迟疑不决。今天竟于无意中看到了，证明刘铁云观察得细致和准确，我怎能不狂喜呢？

  从邮政总局取出了丸善书店寄来的书以后，虽然不过是薄薄的一本，然而内心里却似乎增添了极大的力量。一种语言文字无法传达的幸福之感油然溢满心中。在走回学校的路上，虽然已经步行了二十多里路，却一点也不感到疲倦。同来时比较起来，仿佛感到天空更蓝，白云更白，绿水更绿，草色更青，荷花更红，荷叶更圆，蝉声更响亮，鸟鸣更悦耳，连刚才看过的千佛山倒影也显得更清晰，脚下的黄土也都变成了绿茵，踏上去软绵绵的，走路一点也不吃力。这是我第一次用自己省下来的钱买自己心爱的英文书的感觉，七十多年以后的今天，一回忆起来，仍仿佛就在眼前。这种好买书的习惯一直伴随着我，至今丝毫没有减退。

北园高中对我一生的影响，还不仅仅是培养购书的兴趣一项，还有更重要的影响。这种影响是关键性的，夸大一点说是一种质变。

我在许多文章中都写到过，我幼无大志。小学毕业后，我连报考著名的一中的勇气都没有，可见我懦弱、自卑到什么程度。在回忆新育小学和正谊中学的文章中，特别是在第二篇中，我曾写到，当时表面上看起来很忙，但是我并不喜欢念书，只是贪玩。考试时虽然成绩颇佳，距离全班状元道路十分近，可我从来没有产生过当状元的野心，对那玩意儿一点兴趣都没有。钓虾、捉蛤蟆对我的引诱力更大。至于什么学者，我更不沾边儿，我根本不知道天壤间还有学者这一类人物。自己这一辈子究竟想干什么，也从来没有想过。朦朦胧胧地似乎觉得，自己反正是一个上不得台盘的人，一辈子能混上一个小职员当当，也就心满意足了。我常想，自己是有自知之明的，但是自知得过了头，变成了自卑。家里的经济情况始终不算好。叔父对我大概也并不望子成龙。婶母则是希望我尽早能挣钱。正谊中学毕业后，我曾被迫去考邮政局，邮政局当时是在外国人手中，公认是铁饭碗。幸而我没有被录取。否则我就会干一辈子邮政局，完全走另外一条路了。

但是，人的想法是能改变的，有时甚至是一百八十度的改变。我在北园高中就经历了这样的改变。这一次改变，不是由于我参禅打坐顿悟而来的，也不是由于天外飞来的什么神力，而完全是由于一件非常偶然的事件。

北园高中是附设在山东大学之下的。当时山大校长是山东教育厅厅长王寿彭，是前清倒数第二或第三位状元，是有名的书法家，提倡尊孔读经。我在上面曾介绍过高中的教员，教经学的教员就有两位，可见对读经的重视，我想这与状元公不无关联。这时的山东督军是东北军的张宗昌，绿林出身，绰号"狗肉将军"，不知道自己有多少兵，不知道自己有多少钱，不知道自己有多少姨太太，以这"三不知"蜚声全国。他虽一字不识，也想附庸风雅。有一次竟在山东大学校本部举行祭孔大典，状元公当然必须陪同。督军和校长一律长袍马褂，威仪俨然。我们附中学生十五六岁的大孩子也奉命参加，大概想对我们进行尊孔的教育吧。可惜对我们这一群不识抬举的顽童来说，无疑是对牛弹琴。我们感兴趣的不是三跪九叩，而是院子里的金线泉。我们围在泉旁，看一条金线从泉底袅袅地向上漂动，觉得十分可爱，久久不想离去。

在第一年级第二学期结束，考试完毕以后，状元公忽然要表彰学生了。大学的情况我不清楚，恐怕同高中差不多。高中表彰的标准是每一班的甲等第一名，平均分数达到或超过九十五分者，可以受到表彰。表彰的办法是得到状元公亲书的一个扇面和一副对联。王寿彭的书法本来就极有名，再加上状元这一个吓人的光环，因此他的墨宝就极具有经济价值和荣誉意义，很不容易得到的。高中共有六个班，当然就有六个甲等第一名；但他们的平均分数都没有达到九十五分。只有我这个甲等第一名平均分数是九十七分，超过了标准，因此，我就成了全校中唯一获得状元公墨宝的人，这当然算是极高的荣誉。不知是何方神灵呵护，经过了七十多年，经过了不知道多少世局动荡，这一个扇面竟然保留了下来，一直保留到今天。扇面的全文是：

净几单床月上初，主人对客似僧庐。
春来预作看花约，贫去宜求种树书。
隔巷旧游成结托，十年豪气早销除。
依然不坠风流处，五亩园开手剪蔬。

录樊榭山房诗　丁卯夏五
羡林老弟正　王寿彭

至于那一副对联，似尚存在于天壤间。但踪迹虽有，尚未到手。大概当年家中绝粮时，婶母取出来送给了名闻全国的大财主山东章丘旧津孟家，换面粉一袋，孟家是婶母的亲戚。这个踪迹是友人山大蔡德贵教授侦查出来的，我非常感激他；但是，从寄来的对联照片来看，字迹不类王寿彭，而且没有"羡林老弟"这几个字。因此，我有点怀疑。我已经发出了"再探"的请求，将来究竟如何，只有"且看下回分解"了。

王状元这一个扇面和一副对联对我的影响万分巨大，这看似出乎意料，实际上却在意料之中。虚荣心恐怕人人都有一点的，我自问自己的虚荣心不比任何人小。我屡次讲到，我幼无大志。讲到自卑，这其实就是有虚荣心的一种表现。如果一点虚荣心都没有，哪里还会有什么自卑呢？

这里面有三层意思。第一层意思是，九十七分这个平均分数给了我许多启发和暗示。我在上面已经说到过，分数与分数之间是不相同的。像历史、地理等的课程，只要不是懒虫或者笨伯，考试前，临时抱一下佛脚，硬背一通，得个高分并不难。但是，像国文和英文这样的课程，必须有长期的积累和勤奋，还须有一定的天资，才能有所成就，得到高分。如果没有基础，临时无论怎样努力，也是无济于事的。我大概是在这方面有比较坚实的基础，非其他五个甲等第一名可比。他们的国文和英文也绝不会太差，否则就考不到第一名。但是，同我相比，恐怕要稍逊一筹。言念及此，心中未免有点沾沾自喜，觉得过去的自卑实在有点莫名其妙，甚至有点可笑了。

第二层意思是，这样的荣誉过去从未得到过，它是来之不易的。现在于无意中得之，就不能让它再丢掉，如果下一学期我考不到甲等第一名，我这一张脸往哪里搁呀？！这是最原始最简单的虚荣心，然而就是这一点虚荣心，促使我在学习上改弦更张，要认真埋头读书了。就在不到一年前的正谊中学时期，虾和蛤蟆对我的引诱力远远超过书本。眼前的北园，荷塘纵横，并不缺少虾和蛤蟆，然而我却视而不见了。俗话说"浪子回头金不换"，我现在成了回头的浪子，勤奋用功的好学生了。

第三层意思是，我原来的想法是，中学毕业后，当上一个小职员，抢到一个饭碗，浑浑噩噩地，甚至窝窝囊囊地过上一辈子，算了。我只是一条小蛇，从来没有幻想过成为一条大龙。这一次表彰却改变了我的想法：自己即使不是一条大龙，也绝不是一条平庸的小蛇。最明显的例证是几年以后我到北平来报考大学的情况。当时北平的大学五花八门，鱼龙混杂，有的从几十个报考者中选一人，而有的则是来者不拒，因为多一个学生就多一份学费。从山东来的几十名学员中大都报考六七个大学，我则信心十足地只报考了北大和清华。这同小学毕业时不敢报考一中形成了鲜明的对比。好像我变了一个人。

以上三层意思说明了我从自卑到自信，从不认真读书到勤奋学习，一个关键就是虚荣心。是虚荣心作祟呢，还是虚荣心作福？我认为是后者。虚荣心是不应当一概贬低的。王状元表彰学生可能完全是出于偶然性。他万万不会想到，一个被他称为"老弟"的十五六岁的大孩子，竟由于这个偶然事件而改变为另一个

017

人。我永远不会忘记王寿彭老先生。

北园高中可回忆的东西还有一些，但是最重要的印象、最深的印象上面都已经写到了。因此，我的回忆就写到这里为止。

我在北园白鹤庄的两年，我十五岁到十六岁，正是英国人称之为teens（青少年）的年龄，也就是人生最美好的年龄。我的少年，因为不在母亲身边，并不能说是幸福。但是，我在白鹤庄，却只能说是幸福的。只是"白鹤庄"这个名字，就能引起人们许多美丽的幻影。古人诗"西塞山前白鹭飞"，多么美妙绝伦的情境。我不记得在白鹤庄曾见到白鹭；但是，从整个北园的景色来看，有白鹭飞来是必然会发生的。到了现在，我离开北园已经七十多年了，再没有回去过。可是我每每会想到北园，想到我的teens，每一次想到，心头总会油然漾起一股无比温馨无比幸福的感情，这感情将会伴我终生。

二〇〇二年二月二十四日写完

羡林按：以上一篇文字是去年二月写的。到今天还不到一年的时间。前几天，李玉洁和杨锐整理我的破旧东西，突然发现了王状元的这副对联。打开一看，楮墨如新。写的是：

羡林老弟雅察

才华舒展临风锦

意气昂藏出岫云

＿＿＿＿＿＿＿＿＿＿＿＿＿＿＿王寿彭

我们都大喜过望。一个六十岁老状元对一个十五六岁的大孩子的赞誉使我忐忑不安，真仿佛有神灵呵护，才出现了这样一个奇迹。

二〇〇三年一月九日补记

大轰炸

然而来了大轰炸。

战争已经持续了三四年。最初一两年，英美苏的飞机也曾飞临柏林上空，投掷炸弹。但那时技术水平还相当低，炸弹只能炸坏高层楼房的最上一两层，下面炸不透。因此每一座高楼都有的地下室就成了全楼的防空洞，固若金汤，人们待在里面，不必担忧。即使上面中了弹，地下室也只是摇晃一下而已。德国法西斯头子都是说谎专家、吹牛皮大王，这一件事他们也不放过。他们在广播里报纸上，嘲弄又加吹嘘，说盟军的飞机是纸糊的，炸弹是木制的，德国的空防系统则是铜墙铁壁。政治上比较天真的德国人民，哗然唱和，全国一片欢腾。

然而曾几何时，盟军的轰炸能力陡然增强。飞来的次数越来越多，每一次飞机的数目也越增越多。不但白天来，夜里也能来。炸弹穿透力量日益提高，由穿透一两层提高到穿透七八层，最后十几层楼也抵挡不住。炸弹由楼顶穿透到地下室，然后爆炸，此时的地下室就再无安全可言了。我离开柏林不久，英国飞机白天从西向东飞，美国飞机晚上从东向西飞，在柏林"铺起了地毯"。所谓"铺地毯"是此时新兴的一个名词，意思是，飞机排成了行列，每隔若干米丢一颗炸弹，前后左右，不留空隙，就像客厅里铺地毯一样。到了此时，法西斯头子王顾左右而言他，以前的牛皮仿佛根本没有吹过，而老实的德国人民也奉陪健忘，再也不提什么纸糊木制了。

哥廷根是个小城，最初盟国飞机没有光临。到了后来，大城市已经炸遍，有的是接二连三地炸，小城市于是也蒙垂青。哥廷根总共被炸过两次，都是极小规模的，铺地毯的光荣没有享受到。这里的人民普遍大意，全城没有修筑一个像样的防空洞。一有警报，就往地下室里钻。灯光管制还是相当严的。每天晚上，在全城一片黑暗中，不时有"Licht aus！"（灭灯！）的呼声喊起，回荡在夜空中，还颇有点诗意哩。有一夜，英国飞机光临了，我根本无动于衷，拥被高卧。后来听到炸弹声就在不远处，楼顶上的窗子已被震碎。我一看不妙，连忙狼狈下楼，钻入地下室里。心里自己念叨着：以后要多加小心了。

第二天早起进城，听到大街小巷都是清扫碎玻璃的哗啦哗啦声。原来是英国飞机开了一个不大不小的玩笑：它们投下的是气爆弹，目的不在伤人，而在震碎全城的玻璃。它们只在东西城门处各投一颗这样的炸弹，全城的玻璃大部分都被气流摧毁了。

万没有想到，我在此时竟碰到一件怪事。我正在哗啦声中沿街前进，走到兵营操场附近，从远处看到一个老头，弯腰屈背，仔细看什么。他手里没有拿着笤帚之类的东西，不像是扫玻璃的。走到跟前，我才认清，原来是德国飞机制造之父、蜚声世界的流体力学权威普兰特尔（Prandtl）教授。我赶忙喊一声："早安，教授先生！"他抬头看到我，也说了声："早安！"他告诉我，他正在看操场周围的一段短墙，看炸弹爆炸引起的气流是怎样摧毁这一段短墙的。他嘴里自言自语："这真是难得的机会！我的流体力学实验室里是无论如何也装配不起来的。"我陡然一惊，立刻又肃然起敬。面对这样一位抵死忠于科学研究的老教授，我还能说些什么呢？

无独有偶。我听说，在南德慕尼黑城，在一天夜里，盟军大批飞机飞临城市上空，来"铺地毯"。正在轰炸高峰时，全城到处起火。人们都纷纷从楼上往楼下地下室或防空洞里逃窜，急急如漏网之鱼。然而独有一个老头却反其道而行之，他是从楼下往楼顶上跑，也是健步如飞，急不可待。他是一位地球物理学教授。他认为，这是极其难得的做实验的机会，在实验室里无论如何也不会有这样的现场：全城震声冲天，地动山摇。头上飞机仍在盘旋，随时可能有炸弹掉在他的头上。然而他全然不顾，宁愿为科学而舍命。对于这样的学者，我又有什么话好说呢？

大轰炸就这样在全国展开。德国人民怎样反应呢？法西斯头子又怎样办呢？每次大轰炸之后，德国人在地下室或防空洞里蹲上半夜，饥寒交迫，担惊受怕，情绪当然不会高。他们天性不会说怪话，至于有否腹诽，我不敢说。此时，法西斯头子立即宣布，被炸城市的居民每人增加"特别分配"一份，咖啡豆若干粒，还有一点别的什么。外国人不在此列。不了解当时德国情况的人，无法想象德国人对咖啡偏爱之深。有一本杂志上有一幅漫画：一只白金戒指，上面镶的不是宝石，不是金刚钻，而是一粒咖啡豆。可见咖啡身价之高。挨过一次炸，正当接近闹情绪的节骨眼上，忽然皇恩浩荡，几粒咖啡豆从天而降，一杯下肚，精神焕发，又大唱德国必胜的滥调了。

在哥廷根第一次被轰炸之后，我再也不敢麻痹大意了。只要警笛一响，我立即躲避。到了后来，英国飞机几乎天天来。用不着再在家里恭候防空警报了。我吃完早点，就带着一个装满稿子的皮包，走上山去，躲避空袭。另外还有几个中国留学生加入了这个队伍，各自携带着认为有价值的东西，走向山中。最奇特的是刘先志和滕菀君两夫妇携带的东西，他们只提着一只篮子，里面装的一非稿子，二非食品，而是一只乌龟。提起此龟，大有来历，还必须解释几句。原来德国由于粮食奇缺，不知道从哪一个被占领的国家运来了一大批乌龟，供人食用。但是德国人吃东西是颇为保守的，对于这一批敢同兔子赛跑的勇士，有点见而生畏，哪里还敢往肚子里填！于是德国政府又大肆宣扬乌龟营养价值之高，引经据典，还不缺少统计图表，证明乌龟肉简直赛过仙丹醍醐。刘氏夫妇在柏林时买了这只乌龟。但看到它笨拙的躯体，灵活的小眼睛，一时慈上心头，不忍下刀，便把它养了起来。又从柏林带到哥廷根，陪我们天天上山，躲避炸弹。我们仰卧在绿草上，看空中英国飞机编队飞过哥廷根上空，一躺往往就是几个小时。在我们身旁绿草丛中，这一只乌龟瞪着小眼睛，迈着缓慢的步子，仿佛想同天空中飞驰的大东西，赛一个你输我赢一般。我们此时顾而乐之，仿佛现在不是乱世，而是乐园净土，天空中带着死亡威胁的飞机的嗡嗡声，霎时间变成了阆苑仙宫的音乐，我们忘掉了周围的一切，有点忘乎所以了。

那提心吊胆的一年

这已经是过去的事情了。现在旧事重提，好像是捡起一面古镜，用这一面古镜照一照今天，才更能显出今天的光彩焕发。

二十多年以前，我在大学里学习了四年西方语言文学以后，带着满脑袋的荷马、但丁、莎士比亚和歌德，回到故乡母校高级中学去当国文教员。

当我走进学校大门的时候，我的心情是复杂的，可以说是一则以喜，一则以惧。喜的是我终于抓到了一个饭碗，这简直是绝处逢生；惧的是我比较熟悉的那一套东西现在用不上了，现在要往脑袋里面装屈原、李白和杜甫。

从一开始接洽这个工作，我脑子里就有一个问号：在那找饭碗如登天的时代里，为什么竟有一个饭碗自动地送上门来？我预感到这里面隐藏着什么危险的东西。但是，没有饭碗，就吃不成饭，我抱着铤而走险的心情想试一试再说。到了学校，才逐渐从别人的谈话中了解到，原来是校长想把本校的毕业生组织起来，好在对敌斗争中为他助一臂之力。我是第一届甲班的毕业生，又捞到一张一个著名的大学的毕业证书，因此就被他看中，邀我来教书。英文教员满了额，就只好让我教国文。

就教国文吧。我反正是瘸子掉在井里，捞起来也是坐。只要有人敢请我，我就敢教。

但是，问题却没有这样简单。我要教三个年级的三个班，备课要顾三头，而且都是古典文学作品。我小时候虽然念过一些《诗经》《楚辞》，但是时间隔了这样久，早已忘得差不多了。现在要教人，自己就要先弄懂。可是，真正弄懂又不是一件轻而易举的事情。现在教国文的同事都是我从前的教员，我本来应该可以向他们请教的。但是，根据我的观察，现在我们之间的关系变了：不再是师生，而是饭碗的争夺者。在他们的眼中，我几乎是一个眼中钉。即使我问他们，他们也不会告诉我的。我只好一个人单干。我日夜抱着一部《辞源》，加紧备课。有的典故查不到，就成天半夜地绕室彷徨。窗外校园极美，正盛开着木槿花。在暗夜中，阵阵幽香破窗而入。整个宇宙都静了下来，只有我一个人还不能宁静。我仿佛为人所遗弃，很想到什么地方去哭上一场。

我的老师们也并不是全不关心他们的学生。我第一次上课以前,他们告诉我,先要把学生的名字都看上一遍,学生名字里常常出现一些十分生僻的字,有的话就查一查《康熙字典》。如果第一堂就念不出学生的名字,在学生心目中这个教员就毫无威信,不容易当下去,影响到饭碗。如果临时发现了不认识的名字,就不要点这个名。点完后只需问上一声:"还有没点到名的同学吗?"那一个学生一定会举手站起来。然后再问一声:"你叫什么名字呀?"他自己一报名,你也就认识了那一个字。如此等等,威信就可以保得十足。

这虽是小小的一招,我却是由衷感激。我教的三个班果然有几个学生的名字连《辞源》上都查不到。如果没有这一招,我的威信恐怕一开始就破了产,连一年教员也当不成了。

可是课堂上也并不总是平静无事。我的学生有的比我还大,从小就在家里念私塾,旧书念得很不少。有一个学生曾对我说:"老师,我比你大五岁哩。"说罢嘿嘿一笑,我觉得里面有威胁,有嘲笑。比我大五岁,又有什么办法呢?我这老师反正还要当下去。

当时好像有一种风气:教员一定要无所不知。学生以此要求教员,教员也以此自居。在课堂上,教员绝不能承认自己讲错了,绝不能有什么问题答不出,否则就将为学生所讥笑。但是像我当时那样刚从外语系毕业的大娃娃教国文怎能完全讲对呢?怎能完全回答同学们提出来的问题呢?有时候,只好王顾左右而言他；被逼得紧了，就硬着头皮，乱说一通。学生究竟相信不相信，我不清楚。反正他们也不是傻子，老师究竟多轻多重，他们心中有数。我自己十分痛苦。下班回到寝室，思前想后，坐立不安。孤苦寂寞之感又突然袭来，我又仿佛为人们遗弃，想到什么地方去哭上一场。

别的教员怎样呢？他们也许都有自己的烦恼，家家有一本难念的经。但是有几个人却是整天满面春风，十分愉快。我有时候也从别人嘴里听到一些风言风语，说某某人陪校长太太打麻将了，某某人给校长送礼了，某某人请校长夫妇吃饭了。

我立刻想到自己的饭碗，也想学习他们一下。但是却来了问题：买礼物，准备酒席，都不是极困难的事情。可是，怎样送给人家呢？怎样请人家呢？如果只说："这是礼物，我要送给你。"或者："我要请你吃饭。"虽然也难免心跳脸红，但是我自问还干得了。可是，这显然是不行的，事情并没有这样简单，一定还要要些花样。这就是我力所不能及的事情了。我在自己屋里，再三考虑，甚至自我表演，暗诵台词。最后，我只有承认，我在这方面缺少天才，只好作罢。我仿佛看到自己手里的饭碗已经有点飘动，我真想到什么地方去哭上一场。

就这样，半年过去了。到了放寒假的时候，一位河南籍的物理教员，因为靠山教育厅的一位科长垮了台，就要被解聘。校长已经托人暗示给他，他虽然没有出路，也只有忍痛辞职。我们校长听了，故意装得大为震惊，三番两次到这位教员屋里去挽留，甚至声泪俱下，最后还表示要与他共进退。我最初只是一位旁观者，站在旁边看校长的艺术，欣赏他的表演天才。但是，看来看去，我自己竟糊涂起来，我被校长的真挚态度感动了。我也自动地变成演员，帮着校长挽留他。那位教员阅历究竟比我深，他不为所动，还是卷了铺盖。因为他知道，连他的继任人选都已经安排好了。

我又长了一番见识，暗暗地责备自己糊涂。同时，我也不寒而栗，将来会不会有一天校长也要同我"共进退"呢？

也就是在这时候，校长大概逐渐发现，在我这个人身上，他失了眼力，看错了人。我到了学校以后，虽然也在别人的帮助（毋宁说是牵引）下，把高中毕业同学组织起来，并且被选为什么主席。但是，从那以后，就一点活动也没有。我确实不知道，应该活动一些什么。虽然我绞尽脑汁，办法就是想不出。这样当然与校长原意相违了。他表面上待我还客客气气，只是有一次在有意和无意之间他对我说："你很安静。"什么叫作"安静"呢？别人恐怕很难体会这两个字的意思，我却是能体会的。我回到寝室，又绕室彷徨。"安静"两个字给我以大威胁。我的饭碗好像就与这两个字有关。我又仿佛为人所遗弃，想到什么地方去哭上一场。

春天早过，夏天又来，这正是中学教员最紧张的时候。在教员休息室里，经常听到一些窃窃私语："拿到了没有？"不用说拿到什么，大家都了解，这指的是下学期的聘书。有的神色自若，微笑不答。这都是有办法的人，与校长关系密切，或者属于校长的基本队伍。只要校长在，他们绝不会丢掉饭碗。有的就是神色仓皇，举止失措。这样的人没有靠山，饭碗掌握在别人手里，命定是一年一度紧张。我把自己归入这一类。我的神色如何，自己看不见，但是心情自己是知道的。校长给我下的断语"安静"，我觉得，就已经决定了我的命运。但我还侥幸有万一的幻想，因此在仓皇中还有一点镇静。

但是，这镇静是不可靠的。我心里的滋味实际上同一年前大学将要毕业时差不多。我见了人，不禁也窃窃私语："拿到了没有？"我不喜欢那些神色自若的人。我只愿意接近那些神色仓皇的人，只有对这一些人我才有同病相怜之感。

这时候，校园更加美丽了。木槿花虽还开放，但已经长满了绿油油的大叶子。玫瑰花开得一丛一丛的，池塘里的水浮莲已经开出黄色的花朵。"小园香径独徘徊"，是颇有诗意的。可惜我什么诗意都没有。我耳边只有一个声音："拿到了没有？"我觉得，大地茫茫，就是没有我的容身之处。我又想到什么地方去哭上一场。

这事情已经过去了二十多年。但是，每一回忆起那提心吊胆的情况，就历历如在眼前，我真是永世难忘。现在把它写了出来，算是送给今年毕业同学的一件礼物，送给他们一面镜子。在这里面，可以照见过去与现在，可以照出自己应该走的道路。

一九六三年七月二十一日

一条老狗

　　自己也不知道是什么原因，我总会不时想起一条老狗来。在过去七十年的漫长的时间内，不管我是在国内，还是在国外，不管我是在亚洲、在欧洲、在非洲，一闭眼睛，就会不时有一条老狗的影子在我眼前晃动，背景是在一个破破烂烂的篱笆门前，后面是绿苇丛生的大坑，透过苇丛的疏隙处，闪亮出一片水光。
　　这究竟是怎么一回事呢？
　　无论用多么夸大的词句，也决不能说这一条老狗是逗人喜爱的。它只不过是一条最普普通通的狗，毛色棕红，灰暗，上面沾满了碎草和泥土，在乡村群狗当中，无论如何也显不出一点特异之处，既不凶猛，又不魁梧。然而，就是这样一条不起眼的狗却揪住了我的心，一揪就是七十年。
　　因此，话必须从七十年前说起。当时我还是一个不谙世事的毛头小伙子,正在清华大学读西洋文学系二年级。能够进入清华园,是我平生最满意的事情,日子过得十分惬意。然而,好景不长。有一天,是在秋天,我忽然接到从济南家中打来的电报,只有四个字:"母病速归。"我仿佛是劈头挨了一棒,脑筋昏迷了半天。我立即买好了车票,登上开往济南的火车。

我当时的处境是,我住在济南叔父家中,这里就是我的家,而我母亲却住在清平官庄的老家里。整整十四年前,我六岁的那一年,也就是一九一七年,我离开了故乡,也就是离开了母亲,到济南叔父处去上学。我上一辈共有十一位叔伯兄弟,而男孩却只有我一个。济南的叔父也只有一个女孩,于是,在表面上我就成了一个宝贝蛋。然而真正从心眼里爱我的只有母亲一人,别人不过是把我看成能够传宗接代的工具而已。这一层道理一个六岁的孩子是无法理解的。可是离开母亲的痛苦我却是理解得又深又透的。到了济南后第一夜,我生平第一次不在母亲怀抱里睡觉,而是孤身一个人躺在一张小床上,我无论如何也睡不着,我一直哭了半夜。这是怎么一回事呀!为什么把我弄到这里来了呢?"可怜小儿女,不解忆长安。"母亲当时的心情,我还不会去猜想。现在追忆起来,她一定会是肝肠寸断,痛哭绝不止半夜。现在,这已成了一个万古之谜,永远也不会解开了。

从此我就过上了寄人篱下的生活。我不能说,叔父和婶母不喜欢我,但是,我唯一被喜欢的资格就是我是一个男孩。对不是亲生的孩子同自己亲生的孩子，感情必然有所不同，这是人之常情，用不着掩饰，更用不着美化。我在感情方面不是一个麻木的人，一些细微末节，我体会极深。常言道，没娘的孩子最痛苦。我虽有娘，却似无娘，这痛苦我感受得极深。我是多么想念我故乡里的娘呀！然而，天地间除了母亲一个人外有谁真能了解我的心情我的痛苦呢？因此，我半夜醒来一个人偷偷地在被窝里吞声饮泣的情况就越来越多了。

在整整十四年中，我总共回过三次老家。第一次是在我上小学的时候，为了奔大奶奶之丧而回家的。大奶奶并不是我的亲奶奶，但是从小就对我疼爱异常。如今她离开了我们，我必须回家，这似乎是天经地义的事情。这一次我在家只住了几天，母亲异常高兴，自在意中。第二次回家是在我上中学的时候，原因是父亲卧病。叔父亲自请假回家，看自己共过患难的亲哥哥。这次在家住的时间也不长。我每天坐着牛车，带上一包点心，到离我们村相当远的一个大地主兼中医的村里去请他，到我家来给父亲看病，看完再用牛车送他回去。路是土路，坑洼不平，牛车走在上面，颠颠簸簸，来回两趟，要用去差不多一整天的时间。至于医疗效果如何呢？那只有天晓得了。反正父亲的病没有好，也没有变坏。叔父和我的时间都是有限的，我们只好先回济南了。过了没有多久，父亲终于走了。十一叔到济南来接我回家。这是我第三次回家，同第一次一样，专为奔丧。在家里埋葬了父亲，又住了几天。现在家里只剩下了母亲和二妹两个人。家里失掉了男主人，一个妇道人家怎样过那种只有半亩地的穷日子，母亲的心情怎样，我只有十一二岁，当时是难以理解的。但是，我仍然必须离开她到济南去继续上学。在这样万般无奈的情况下，但凡母亲还有不管是多么小的力量，她也决不会放我走的。可是，她连一丝一毫的力量也没有。她一字不识，一辈子连个名字都没有能够取上，做了一辈子"季赵氏"。到了今天，父亲一走，她怎样活下去呢？她能给我饭吃吗？不能的，决不能的。母亲心内的痛苦和忧愁，连我都感觉到了。最后，她只能眼睁睁地看着自己最亲爱的孩子离开了自己，走了，走了。谁会知道，这是她最后一次看到自己的儿子呢？谁会知道，这也是我最后一次见到母亲呢？

回到济南以后，我由小学而初中，由初中而高中，由高中而到北京来上大学，在长达八年的过程中，我由一个混混沌沌的小孩子变成了一个青年人，知识增加了一些，对人生了解得也多了不少。对母亲当然仍然是不断想念的。但在暗中饮泣的次数少了，想的是一些切切实实的问题和办法。我梦想，再过两年，我大学一毕业，由于出身一个名牌大学，抢一只饭碗是不成问题的。到了那时候，自己手头有了钱，我将首先把母亲迎至济南。她才四十来岁，今后享福的日子多着哩。

可是我这一个奇妙如意的美梦竟被一张"母病速归"的电报

打了个支离破碎。我现在坐在火车上，心惊肉跳，忐忑难安。哈姆雷特问的是：to be or not to be，我问的是母亲是病了，还是走了？我没有法子求签占卜，可我又偏想知道个究竟，我于是自己想出了一套占卜的办法。我闭上眼睛，如果一睁眼我能看到一根电线杆，那母亲就是病了；如果看不到，就是走了。当时火车速度极慢，从北京到济南要走十四五个小时。就在这样长的时间内，我闭眼又睁眼反复了不知多少次。有时能看到电线杆，则心中一喜；有时又看不到，心中则一惧。到头来也没能得出一个肯定的结果。我到了济南。

到了家中，我才知道，母亲不是病了，而是走了。这消息对我真如五雷轰顶，我昏迷了半晌，躺在床上哭了一天，水米不曾沾牙。悔恨像大毒蛇直刺入我的心窝。在长达八年的时间内，难道你就不能在任何一个暑假内抽出几天时间回家看一看母亲吗？二妹在前几年也从家乡来到了济南，家中只剩下母亲一个人，孤苦伶仃，形单影只，而且又缺吃少喝，她日子是怎么过的呀！你的良心和理智哪里去了？你连想都不想一下吗？你还能算得上是一个人吗？我痛悔自责，找不到一点能原谅自己的地方。我一度想到自杀，追随母亲于地下。但是，母亲还没有埋葬，不能立即实行。在极度痛苦中我胡乱诌了一副挽联：

　　　　一别竟八载，多少次倚闾怅望，眼泪和血流，迢迢玉宇,高处寒否?

为母子一场,只留得面影迷离,入梦浑难辨,茫茫苍天,此恨曷极!

对仗谈不上,只不过想聊表我的心情而已。

叔父婶母看着苗头不对,怕真出现什么问题,派马家二舅陪我还乡奔丧。到了家里,母亲已经成殓,棺材就停放在屋子中间。只隔一层薄薄的棺材板,我竟不能再见母亲一面,我与她竟是人天悬隔矣。我此时如万箭钻心,痛苦难忍,想一头撞死在母亲棺材上,被别人死力拽住,昏迷了半天,才醒转过来。抬头看屋中的情况,真正是家徒四壁,除了几只破椅子和一只破箱子以外,什么都没有。在这样的环境中,母亲这八年的日子是怎样过的,不是一清二楚了吗?我又不禁悲从中来,痛哭了一场。

现在家中已经没了女主人,也就是说,没有了任何人。白天我到村内二大爷家里去吃饭,讨论母亲的安葬事宜。晚上则由二大爷亲自送我回家。那时村里不但没有电灯,连煤油灯也没有。家家都点豆油灯,用棉花条搓成灯捻,只不过是有点微弱的亮光而已。有人劝我,晚上就睡在二大爷家里,我执意不肯。让我再陪母亲住上几天吧。在茫茫百年中,我在母亲身边只住过六年多,现在仅仅剩下了几天,再不陪就真正抱恨终天了。于是,二大爷就亲自提一个小灯笼送我回家。此时,万籁俱寂,宇宙笼罩在一片黑暗中，只有天上的星星在眨眼，仿佛闪出一丝光芒。全村没有一点亮光，没有一点声音。透过大坑里芦苇的疏隙闪出一点水光。走近破篱笆门时，门旁地上有一团黑东西，细看才知道是一条老狗，静静地卧在那里。狗们有没有思想，我说不准，但感情的确是有的。这一条老狗几天来大概是陷入困惑中——天天喂我的女主人怎么忽然不见了？它白天到村里什么地方偷一点东西吃，立即回到家里来，静静地卧在篱笆门旁。见了我这个小伙子，它似乎感到我也是这家的主人，同女主人有点什么关系，因此见到了我并不咬我，有时候还摇摇尾巴，表示亲昵。那一天晚上我看到的就是这一条老狗。

我孤身一个人走进屋内，屋中停放着母亲的棺材。我躺在里面一间屋子里的大土炕上，炕上到处是跳蚤，它们勇猛地向我发动进攻。我本来就毫无睡意，跳蚤的干扰更加使我难以入睡了。我此时孤身一人陪伴着一具棺材。我是不是害怕呢？不，一点也不。虽然是可怕的棺材，但里面躺的人却是我的母亲。她永远爱她的儿子，是人，是鬼，都决不会改变的。

正在这时候，在黑暗中，外面走进来一个人，听声音是对门的宁大叔。在母亲生前，他帮助母亲种地，干一些重活，我对他真是感激不尽。他一进屋就高声说："你娘叫你哩！"我大吃一惊：母亲怎么会叫我呢？原来宁大婶"撞客"了，撞着的正是我母亲。我赶快起身，走到宁家。在平时这种事情我是绝对不会相信的，此时我却心慌意乱了。只听从宁大婶嘴里叫了一声："喜子呀！娘想你啊！"我虽然头脑清醒，然而却泪流满面。娘的声音，我八年没有听到了。这一次如果是从母亲嘴里说出来的，那有多好啊！然而却是从宁大婶嘴里，但是听上去确实像母亲当年的声音。我信呢，还是不信呢？你不信能行吗？我糊里糊涂地如醉似痴地走了回来。在篱笆门口，地上黑黢黢的一团，是那一条忠诚的老狗。

我又躺在炕上，无论如何也睡不着了，两只眼睛望着黑暗，仿佛能感到自己的眼睛在发亮。我想了很多很多，八年来从来没有想到的事，现在全想到了。父亲死了以后，济南的经济资助几乎完全断绝，母亲就靠那半亩地维持生活，她能吃得饱吗？她一定是天天夜里躺在我现在躺的这一个土炕上想她的儿子，然而儿子却音信全无。她不识字，我写信也无用。听说她曾对人说过："如果我知道一去不回头的话，我无论如何也不会放他走的！"这一点我为什么过去一点也没有想到过呢？古人说："树欲静而风不止，子欲养而亲不待。"现在这两句话正应在我的身上，我亲自感受到了；然而晚了，晚了，逝去的时光不能再追回了！"长夜漫漫何时旦？"我盼天赶快亮。然而，我立刻又想到，我只是一次度过这样痛苦的漫漫长夜，母亲却度过了将近三千次。这是多么可怕的一段时间啊！在长夜中，全村没有一点灯光，没有一点声音，黑暗仿佛凝结成为固体，只有一个人还瞪大了眼睛在玄想，想的是自己的儿子。伴随她的寂寥的只有一个动物，就是篱笆门外静卧的那一条老狗。想到这里，我无论如何也不敢再想下去了；如果再想下去的话，我不知道会出现什么样的情况。

母亲的丧事处理完，又是我离开故乡的时候了。临离开那一座破房子时，我一眼就看到那一条老狗仍然忠诚地趴在篱笆门口，见了我，它似乎预感到我要离开了，它站了起来，走到我跟前，在我腿上擦来擦去，对着我尾巴直摇。我一下子泪流满面，我知道这是我们的永别，我俯下身，抱住了它的头，亲了一口。我很想把它抱回济南，但那是绝对办不到的。我只好一步三回首地离开了那里，眼泪向肚子里流。

到现在这一幕已经过去了七十年，我总是不时想到这一条老狗。女主人没了，少主人也离开了，它每天到村内找点东西吃，究竟能够找多久呢？我相信，它决不会离开那个篱笆门口的，它会永远趴在那里的，尽管脑袋里也会充满了疑问。它究竟趴了多久，我不知道，也许最终是饿死的。我相信，就是饿死，它也会死在那个破篱笆门口，后面是大坑里透过苇丛闪出来的水光。

我从来不信什么轮回转生，但是，我现在宁愿信上一次。我已经九十岁了，来日苦短了。等到我离开这个世界以后，我会在天上或者地下什么地方与母亲相会，趴在她脚下的仍然是这一条老狗。

二〇〇一年五月二日

悼念沈从文先生

去年有一天，老友肖离打电话告诉我，从文先生病危，已经准备好了后事。我听了大吃一惊，悲从中来。一时心血来潮，提笔写了一篇悼念文章，自诧为倚马可待，情文并茂。然而，过了几天，肖离又告诉我说，从文先生已经脱险回家。我心里的一块石头落了地，又窃笑自己太性急，人还没去，就写悼文，实在非常可笑。我把那一篇"杰作"往旁边一丢，从心头抹去了那一件事，稿子也沉入书山稿海之中，从此"云深不知处"了。

到了今年[1]，从文先生真正去世了。我本应该写点什么的，可是，由于有了上述一段公案，懒于再动笔，一直拖到今天。同时我注意到，像沈先生这样一个人，悼念文章竟如此之少，有点不

---

[1] 此处指一九八八年。

太正常，我也有点不平。考虑再三，还是自己披挂上马吧。

我认识沈先生已经五十多年了。当我还是一个大学生的时候，我就喜欢读他的作品。我觉得，在所有的并世作家中，文章有独立风格的人并不多见。除了鲁迅先生之外，就是从文先生。他的作品，只要读上几行，立刻就能辨认出来，绝不含糊。他出身湘西的一个破落小官僚家庭，年轻时当过兵，没有受过多少正规的教育，他完全是自学成家。湘西那一片有点神秘的土地，其怪异的风土人情，通过沈先生的笔而大白于天下。湘西如果没有像沈先生这样的大作家和像黄永玉先生这样的大画家，恐怕一直到今天还是一片充满了神秘色彩的terra incognita（没有人了解的土地）。

我同沈先生打交道，是通过一件不大不小的事情。丁玲的《母亲》出版以后，我读了觉得有一些意见要说，于是写了一篇书评，刊登在郑振铎、靳以主编的《文学季刊》创刊号上。刊出以后，我听说沈先生有一些意见。我于是立即给他写了一封信，同时请郑先生在《文学季刊》创刊号再版时，把我那一篇书评抽掉。也许就是由于这一个不能算是太愉快的因缘，我们就认识了。我当时是一个穷学生，沈先生是著名的作家。社会地位，虽不能说如云泥之隔，毕竟差一大截子。可是他一点名作家的架子也不摆，这使我非常感动。他同张兆和女士结婚，在北平前门外大栅栏撷英番菜馆设盛大宴席，我居然也被邀请。当时出席的名流如云,证婚人好像是胡适之先生。

从那以后,有很长的时间,我们并没有多少接触。我到欧洲去住了将近十一年,他在抗日烽火中在昆明住了很久,在西南联大任国文系教授。彼此音问断绝,他的作品我也读不到了。但是,有时候,不知是什么原因,我在饥肠辘辘、机声嗡嗡中,竟会想到他。我还是非常怀念这一位可爱、可敬、淳朴、奇特的作家。

一直到一九四六年夏天,我回到祖国。这一年的深秋,我终于又回到了别离了十几年的北平。从文先生也于此时从云南复员来到北大,我们同在一个学校任职。当时我住在翠花胡同,他住在中老胡同,都离学校不远,因此我们也相距很近,见面的次数就多了起来。他曾请我吃过一顿相当别致、毕生难忘的饭,云南有名的汽锅鸡。锅是他从昆明带回来的,外表看上去像宜兴紫砂,上面雕刻着花卉、书法,古色古香,虽系厨房用品,然却古朴高雅,简直可以成为案头清供,与商鼎周彝斗艳争辉。

就在这一次吃饭时,有一件小事给我留下了深刻的印象。当时有一个用麻绳捆得紧紧的什么东西,只需用剪子或小刀轻轻地一剪一割,就能解开。然而从文先生却抢了过去,硬是用牙把麻绳咬断。这一个小小的举动,有点粗劲,有点蛮劲,有点野劲,有点土劲,并不高雅,并不优美。然而,它却完全透露了沈先生的个性。在达官贵人、高等华人眼中,这简直非常可笑,非常可鄙；可是，我欣赏的却正是这一种劲头。我自己也许就是这样一个"土包子"，虽然同那一些只会吃西餐、穿西装、半句洋话也不会讲偏又自认为是"洋包子"的人比起来，我并不觉得低他们一等。不是有一些人也认为沈先生是"土包子"吗？

还有一件小事，也使我忆念难忘。有一次我们到什么地方去游逛，可能是中山公园之类。我们要了一壶茶，我正要拿起壶来倒茶，沈先生连忙抢了过去，先斟出了一杯，又倒入壶中，说只有这样才能把茶味调得均匀。这当然是一件微不足道的小事，然而在琐细中不是更能看到沈先生的精神吗？

小事过后，来了一件大事：我们共同经历了北平的解放。在这个关键时刻，我并没有听说，从文先生有逃跑的打算。他的心情也是激动的，虽然他并不故作革命状，以达到某种目的，他仍然是朴素如常，可是厄运还是降临到他头上来。一个著名的马列主义文艺理论家，在香港出版的一个进步的文艺刊物上，发表了一篇长文，题目大概是什么《文坛一瞥》之类，前面有一段相当长的修饰语。这一位理论家视觉似乎特别发达，他在文坛上看出了许多颜色。他"一瞥"之下，就把沈先生"瞥"成了粉红色的小生。我没有资格对这一篇文章发表意见。但是，沈先生好像是当头挨了一棒，从此被"瞥"下了文坛，销声匿迹，再也不写小说了。

一个惯于舞文弄墨的人，一旦被剥夺了写作的权利，他心里是什么滋味，我说不清；他有什么苦恼，我也说不清。然而，沈先生并没有因此而消沉下去。文学作品不能写，还可以干别的事嘛。他是一个精力旺盛的人、一个闲不住的人，他转而研究起中国古代的文物来，什么古纸、古代刺绣、古代衣饰等，他都研究。凭着他那一股惊人的钻研能力，过了没有多久，他就在新开发的领域内取得了可喜的成绩。他那一本讲中国服饰史的书出版以后，洛阳纸贵，受到国内外一致的高度的赞扬，他成了这方面的权威。他自己也写章草，又成了一个书法家。

有点讽刺意味的是，正当他手中写小说的笔被"瞥"掉的时候，从国外沸沸扬扬传来了消息，说国外一些人士想推选他做诺贝尔文学奖的候选人。我在这里着重声明一句，我们国内有一些人特别迷信诺贝尔奖，迷信的劲头，非常可笑。试拿我们中国没有得奖的那几位文学巨匠同已经得奖的欧美的一些作家来比一比，其差距简直有如高山与小丘。同此辈争一日之长，有这个必要吗！推选沈先生当候选人的事是否进行过，我不得而知。沈先生怎样想，我也不得而知。我在这里提起这一件事，只不过把它当作沈先生一生中一个小小的插曲而已。

我曾在几篇文章中都讲到，我有一个很大的缺点（优点？），我不喜欢拜访人。有很多可尊敬的师友，比如我的老师朱光潜先生、董秋芳先生等，我对他们非常敬佩，但在他们健在时，我很少去拜访，对沈先生也一样。偶尔在什么会上，甚至在公共汽车上相遇，我感到非常亲切，他好像也有同样的感情。他依然是那样温良、淳朴，时代的风风雨雨在他身上，似乎没有留下什么痕迹，说白了就是没有留下伤痕。一谈到中国古代科技、艺术等，他就喜形于色，眉飞色舞，娓娓而谈，如数家珍，天真得像一个大孩子。这更增加了我对他的敬意。我心里曾几次动过念头：去看一看这一位可爱的老人吧！然而，我始终没有行动。现在人天隔绝，想见面再也不可能了。

有生必有死，是大自然的规律。我知道，这个规律是违抗不得的，我也从来没有想去违抗。古代许多圣君贤相，聪明一世，糊涂一时，想方设法，去与这个规律对抗，妄想什么长生不老，结果却事与愿违，空留下一场笑话。这一点我很清楚。但是，生离死别，我又不能无动于衷。古人云：太上忘情。我是一个微不足道的凡人，无论如何也做不到忘情的地步，只有把自己钉在感情的十字架上了。我自谓身体尚颇硬朗，并不服老。然而，曾几何时，宛如黄粱一梦，自己已接近耄耋之年，许多可敬可爱的师友相继离我而去。此情此景，焉能忘情？现在从文先生也加入了去者的行列。他一生安贫乐道，淡泊宁静，死而无憾矣。对我来说，忧思却着实难以排遣。像他这样一个有特殊风格的人，现在很难找到了。我只觉得大地茫茫，顿生凄凉之感。我没有别的本领，只能把自己的忧思从心头移到纸上，如此而已。

　　　　　　　　一九八八年十一月二日写于香港中文大学会友楼

我的女房东

我已经多次谈到我的女房东欧朴尔太太。

我在这里还要再集中来谈。

我不能不谈她。

我们共同生活了整整十年，共过安乐，也共过患难。在这漫长的时间内，她为我操了不知多少心，她确实像我自己的母亲一样。回忆起她来，就像回忆一个甜美的梦。

她是一个平平常常的德国妇女。我初到的时候，她大概已有五十岁了，比我大二十五六岁。她没有多少惹人注意的特点，相貌平平常常，衣着平平常常，谈吐平平常常，爱好平平常常，总之是一个非常平常的人。

然而，同她相处的时间越久，便越觉得她在平常中有不平常的地方：她老实，她诚恳，她善良，她和蔼，她不会吹嘘，她不会撒谎。她也有一些小小的偏见与固执，但这些也都是平平常常的，没有什么越轨的地方；这只能增加她的人情味，而绝不会相反。同她相处，不必费心机、设提防，一切都自自然然，使人如处和暖的春风中。

她的生活是十分单调的、平凡的。她的天地实际上就只有她的家庭。中国有一句话说：妇女围着锅台转。德国没有什么锅台，只有煤气灶或电气灶。我的女房东也就是围着这样的灶转。每天一起床，先做早点，给她丈夫一份，给我一份。然后就是无尽无休地擦地板，擦楼道，擦大门外面马路旁边的人行道。地板和楼道天天打蜡，打磨得油光锃亮。楼门外的人行道，不光是扫，而且是用肥皂水洗。人坐在地上，绝不会沾上半点尘土。德国人爱清洁，闻名全球。德文里面有一个词Putzteufel，指打扫房间的洁癖，或有这样洁癖的女人。Teufel的意思是"魔鬼"，Putz的意思是"打扫"。别的语言中好像没有完全相当的字。我看，我的女房东，同许多德国妇女一样，就是一个不折不扣的"清扫魔鬼"。

我在生活方面所有的需要，她一手包下来了。德国人生活习惯同中国人不同。早晨起床后，吃早点，然后去上班；十一点左右，吃自己带去的一片黄油夹香肠或奶酪的面包；下午一点左右吃午饭。这是一天的主餐，吃的都是热汤热菜，主食是土豆。下午四点左右，喝一次茶，吃点饼干之类的东西。晚上七点左右吃晚饭，泡一壶茶或者咖啡，吃凉面包、香肠、火腿、干奶酪等。我是一个年轻的穷学生，一无时间，二无钱来摆这个谱儿。我还是中国老习惯，一日三餐。早点在家里吃，一壶茶，两片面包。午饭在外面馆子里或学生食堂里吃，都是热东西。晚上回家，女房东把他们中午吃的热餐给我留下一份。因此，我的晚餐也都是热汤热菜，同德国人不一样，这基本上是中国办法。这都是女房东在了解了中国人的吃饭习惯之后精心安排的。我每天在研究所里工作了一整天之后，回到家来，能够吃上一顿热乎乎的晚饭，心里当然是美滋滋的。对女房东这番情意，我是由衷地感激的。

晚饭以后，我就在家里工作。到了晚上十点左右，女房东进屋来，把我的被子铺好，把被罩拿下来，放到沙发上。这工作其实是非常简单的，我自己尽可以做。但是，女房东却非做不可，当年她儿子住这一间屋子时，她就是天天这样做的。铺好床以后，她就站在那里，同我闲聊。她把一天的经历，原原本本，详详细细，都向我"汇报"。她见了什么人，买了什么东西，碰到了什么事情，到过什么地方，一一细说，有时还绘声绘形，说得眉飞色舞。我无话可答，只能洗耳恭听。她的一些婆婆妈妈的事情，我并不感兴趣。但是，我初到德国时，听说德语的能力都不强。每天晚上上半小时的"听力课"，对我大有帮助。我的女房东实际上成了我的不收费的义务教员。这一点我从来没有对她说，她也永远不会懂的。"汇报"完了以后，照例说一句："夜安！祝你愉快地安眠！"我也说同样的话，然后她退出，回到自己的房间里。我把皮鞋放在门外，明天早晨，她把鞋擦亮。我这一天的活动就算结束了，上床睡觉。

其余许多杂活，比如说洗衣服、洗床单、准备洗澡水等等，无不由女房东去干。德国被子是鸭绒的，鸭绒没有被固定起来，在被套里面享有绝对的自由活动的权利。我初到德国时，很不习惯，睡下以后，在梦中翻两次身，鸭绒就都活动到被套的一边去，这边绒毛堆积如山，而另一边则只剩下两层薄布，当然就不能御寒，我往往被冻醒。我向女房东一讲，她笑得眼睛里直流泪。她于是细心教我使用鸭绒被的方法。我就像一个小孩子一样，在她的照顾下愉快地生活。

她的家庭看来是非常和睦的，丈夫忠厚老实，一个独生子不在家，老夫妇俩对儿子爱如掌上明珠。我记得，有一段时间，老头月月购买哥廷根的面包和香肠，打起包裹，送到邮局，寄给在达姆施塔特（Darmstadt）高工念书的儿子。老头腿有点毛病，走路一瘸一拐，很不灵便；虽然拿着手杖，仍然非常吃力。可他不辞辛劳，月月如此。后来老夫妇俩出去度假，顺便去看儿子。到儿子的住处大学生宿舍里去，一瞥间，他们看到老头千辛万苦寄来的面包和香肠，却发了霉，干瘪瘪地躺在桌子下面。老头怎样想，不得而知。老太太回家后，在晚上向我"汇报"时，絮絮叨叨地讲到这件事，说她大为吃惊。但是，奇怪的是，老头还是照样拖着两条沉重的腿，把面包和香肠寄走。我不禁想到，"可怜天下父母心"，古今中外之所同。然而儿女对待父母的态度，东西方却大不相同了。章太太的男房东可以为证。我并不提倡愚忠愚孝。但是，即使把父母与子女之间的关系化为一般人与人之间的关系，像房东儿子的做法不也是有点过分了吗？

女房东心里也是有不平的。

儿子结了婚，住在外城，生了一个小孙女。有一次，全家回家来探望父母。儿媳长得非常漂亮，衣着也十分摩登。但是，女房东对她好像并不热情，对小孙女也并不宠爱。儿媳是年轻人，对好多事情有点马大哈，从中也可以看出德国两代人之间的"代沟"。有一天，儿媳使用手纸过多，把马桶给堵塞了。老太太非常不满意，拉着我到卫生间指给我看，脸上露出了许多怪相，有愤怒，有轻蔑，有不满，有憎怨。此事她当然不能对儿子讲，连丈夫大概也没有敢讲，茫茫宇宙间她只有对我一个人诉说不平了。

女房东也是有偏见的。

关于戴帽子的偏见，我在之前已经谈过了，这里不再重复。她的偏见不只限于这一点，而且最突出的也不是这一件事。最突出的是宗教偏见。她自己信奉的是耶稣教，对天主教怀有莫名其妙的刻骨的仇恨。世界各地区各民族都毫无例外地有宗教偏见，这种偏见比任何其他偏见都更偏见。欧洲耶稣基督教新旧两派之间的偏见，也是异常突出的。我的女房东没有很高的文化，她的偏见也因而更固执。但她偏偏碰到一个天主教的好人。女房东每个月要雇人洗一次衣服、床单等等。承担这项工作的是一个天主教的老处女，年纪比女房东还要大，总有六十多岁了。她没有财产，没有职业，就靠帮人洗衣服为生。人非常老实，一天说不了几句话。却是一个十分虔诚的信徒，每月的收入，除了维持极其简朴的生活以外，全都交给教堂。她大概希望百年之后能够在虚无缥缈的天堂里占一个角落吧。女房东经常对我说："特雷莎（Therese）忠诚得像黄金一样。"特雷莎是她的名字。但是，忠诚归忠诚，一提到宗教，女房东就愤愤不平，晚上向我"汇报"时，对她也时有微词，具体的例子却从来没有听说过。

我的女房东就是这样一个有不平、有偏见、有自己的与宇宙大局、世界大局和国家大局无关的小忧愁小烦恼，有这样那样的特点的平平常常的人；但却是一个心地善良、厚道，不会玩弄任何花招的平常人。

她的一生也是颇为坎坷的，走的并非都是阳关大道。据她自己说，第一次世界大战前，德国人家里普遍都有金子，她家里也一样。大战一结束，德国发了疯似的通货膨胀，把她的一点点黄金都膨胀光了，成了无金阶级。到了第二次世界大战，她只是靠工资过日子。她对政治不感兴趣，她从来不赞扬希特勒，当然更不懂去反对他。由于种族偏见，犹太人她是反对的，但也说不上是"积极分子",只是随大流而已。她在乡下没有关系户,食品同我一样短缺。在大战中间,她丈夫饿得从一个大胖子变成一个瘦子,终于离开了人世。老两口一生和睦相处,我从来没有听到他们俩拌过嘴,吵过架。老头一死,只剩下她孤零一人。儿子极少回来,屋子里空荡荡的。她心里是什么滋味,我不知道。从表面上来看,她只能同我这一个异邦的青年相依为命了。

战争到了接近尾声的时候,日子越来越难过。不但食品短缺,连燃料也无法弄到。哥廷根市政府俯顺民情,决定让居民到山上去砍伐树木。在这里也可以看到德国人办事之细致、之有条不紊、之遵守法纪。政府工作人员在茫茫的林海中划出了一个可以砍伐的地区,把区内的树逐一检查,可以砍伐者画上红圈。砍伐没有红圈的树,要受到处罚。女房东家里没有劳动力,我当然当仁不让,陪她上山,砍了一天树,运下山来,运到一个木匠家里,用机器截成短段,然后运回家来,贮存在地下室里,供取暖之用。由于那一个木匠态度非常坏,我看不下去,同他吵了一架。他过后到我家来,表示歉意。我觉得,这不过是小事一桩,一笑置之而已。

我的女房东是一个平常人,当然不能免俗。当年德国社会中非常重视学衔,说话必须称呼对方的头衔。对方是教授,必须呼之为"教授先生";对方是博士,必须呼之为"博士先生"。不这样,就显得有点不礼貌。女房东当然不会是例外。我通过了博士口试以后,当天晚上"汇报"时,她突然笑着问我:"我从今以后是不是要叫你'博士先生'?"我真是大吃一惊,是我万万没有想到的。我连忙说:"完全没有必要!"她也不再坚持,仍然照旧叫我"季先生",我称她为"欧朴尔太太",相安无事。

一想到我的母亲般的女房东,我就回忆联翩。在漫长的十年中,我们晨夕相处,从来没有任何矛盾。值得回忆的事情实在太多太多了,即使回忆困难时期的情景,这回忆也仍然是甜蜜的。这些回忆一时是写不完的,因此我也就不再写下去了。

离开德国以后,在瑞士停留期间,我曾给女房东写过几次信。回国以后,在北京,我费了千辛万苦,弄到了一罐美国咖啡,大喜若狂。我知道,她同许多德国人一样,嗜咖啡若命。我连忙跑到邮局,把邮包寄走,期望它能越过千山万水,送到老太太手中,让她在孤苦伶仃的生活中获得一点喜悦。我不记得收到了她的回信。到了二十世纪五十年代,"海外关系"成了十分危险的东西。我再也不敢写信给她,从此便云天渺茫,互不相闻。正如杜甫所说的"明日隔山岳,世事两茫茫"了。

一九八三年,在离开哥廷根将近四十年之后,我又回到了我的第二故乡。我特意挤出时间,到我的故居去看了看。房子整洁如故,四十年漫长岁月的痕迹一点也看不出来。我走上三楼,我的住房门外的铜牌上已经换了名字。我也无从打听女房东的下落,她恐怕早已离开了人世,同她丈夫一起,静卧在公墓的一个角落里。我回首前尘，百感交集。人生本来就是这样，我有什么办法呢？我只有虔心祷祝她那在天之灵——如果有的话——永远安息。

一九九四年二月二十五日

大放光明

幼年时候，我喜欢读唐代诗人刘梦得的诗《赠眼医婆罗门僧》：

> 三秋伤望远，终日泣途穷。
> 两目今先暗，中年似老翁。
> 看朱渐成碧，羞日不禁风。
> 师有金篦术，如何为发蒙？

觉得颇为有趣。一个印度游方郎中眼医，不远万里，跋山涉水，来到中国行医，如果把他的经历写下来，其价值恐怕不会低于《马可·波罗游记》。只可惜，我当年目光如炬，"欲穷千里目"，易如反掌；对刘梦得的处境和心情，一点都不理解，以为这不过是中印文化交流史上一件不大不小的事迹而已。不有同病，焉能相怜！

约莫在十几年前，我已步入真正的老境，身心两个方面，都感到有点力不从心了。眼睛首先出了问题，看东西逐渐模糊了起来。"看朱渐成碧"的经历我还没有过，但是，红绿都看不清楚，则是经常的事。经过了"十年浩劫"的炼狱，穷途之感是没有了，但是以眼泪洗面则时常会出现。求医检查，定为白内障。白内障就白内障吧，这是科学，不容怀疑。我是一个随遇而安的乐天派，觉得人生有点白内障也是难免的。有了病，就得治，那种同疾病做斗争的说法或做法，为我所不解。谈到治，我不禁浮想联翩，想到了唐代的刘梦得和那位眼医婆罗门僧。我不知道金篦术是什么样的方法，估计在一千多年前是十分先进的手术，而今则渺矣茫矣，莫名其妙了。在当时，恐怕金篦术还真有效用，否则刘梦得也绝不会赋诗赞扬。常言道：到什么时候说什么话。今天只能乞灵于最新的科学技术了。说到治白内障，在今天的北京，最有权威的医院是同仁。在同仁，最有权威的大夫是有"北京第一刀"之誉的施玉英大夫。于是我求到了施大夫门下，蒙她亲自主刀，仅用二十分钟就完成了手术。但只做了右眼的手术，左眼留待以后，据说这是正常的做法。不管怎样，我能看清东西了。虽然两只眼睛视力悬殊，右眼是0.6，左眼是0.1，一明一暗，两只眼睛经常闹点小矛盾，但是我毕竟能写字看书了，着实快活了几年。

但是，天有不测风云，人有旦夕祸福。近些日子，明亮的右眼突然罢了工，眼球后面长出了一层厚膜，把视力挡住，以致伸手不见五指。中石（欧阳）的右眼也有点小毛病，常自嘲"无出其右者"，我现在也有了深切类似的感受。但是祸不单行，左眼的视力也逐渐下降，现在已经达不到0.1了。两只眼通力协作，把我制造成了一个半盲人。严重的程度，远远超过了刘梦得，我本来已是老翁，现在更成了超级老翁了。

有颇长的一段时间，我在昏天黑地中过日子。我本来还算是一个谦恭的人，现在却变成了"目中无人"，因为即使是熟人，也一米之内才能分辨出庐山真面目。我又变成了"不知天高地厚"，上不见蓝天，下不见脚下的土地，走路需要有人搀扶，一脚高，一脚低，踉跄前进。两个月前，正是阳春三月，燕园中一派大好风光。嫩柳鹅黄，荷塘青碧，但是，这一切我都无法享受。小蔡搀扶着我，走向湖边，四顾茫然。柳条勉强能够看到，只像是一条条的黑线。数亩方塘，只能看到潋滟的水光中一点波光。我最喜爱的二月兰就在脚下，但我却视而不见。我问小蔡，柳条发绿了没有。她说，不但发绿了，而且柳絮满天飞舞了。我却只能感觉，一团柳絮也没有看到。我手植的玉兰花，今年[1]是大

1　此处指二〇〇〇年。

年，开了二百多朵白花，我抬头想去欣赏，也只能看到朦朦胧胧的几团白色。我手植的季荷是我最关心的东西，我每天都追问小蔡，新荷露了尖尖角没有。但是，荷花性子慢，迟迟不肯露面。我就这样过了一个春天。

有病必须求医，这是常识，而求医的首选当然依然是同仁医院，是施玉英大夫。可惜施大夫因事离京，我等候了相当长的一段时间，心中耐不住，奔走了几个著名的大医院。为我检查眼睛的几个著名的眼科专家，看到我动过手术的右眼，无不同声赞赏施玉英大夫手术之精妙。但当我请他们给我治疗时，又无不同声劝我，还是等施大夫。这样我只好耐着性子等候了。

施大夫终于回来了。我立马赶到同仁医院，见到了施大夫。经过检查，她说："右眼打激光，左眼动手术！"斩钉截铁，没有丝毫游移，真正是"指挥若定识萧曹"的大将风度。我一下子仿佛吃了定心丸。

但这并不真能定心，只不过是知道了结论而已。对于这两个手术我是忐忑不安的。因为我患心律不齐症已有四十余年，虽然始终没有发作过，但是，正如我一进宫（第一次进同仁的戏称）时施玉英大夫所说的那样，四十年不发作，不等于永远不发作。不怕一万，就怕万一，万一在手术台上心房一颤动，则在半秒钟内，一只眼就会失明，万万不能掉以轻心。现在是二进宫了，想到施大夫这几句话，我能不不寒而栗吗？何况打激光手术。我完

059

全不知道是怎么一回事，恍兮惚兮，玄妙莫测。一想到这一项新鲜事物，我心里能不打鼓吗？

总之，我认为，这两项手术都是风云莫测的，都包含着或大或小的危险性，我应当做好充分的思想准备。事实上，我也确实做了细致和坚定的思想准备。

谈到思想准备，无非是上、中、下三种。上者争取两项手术都完全成功。对此，基于我在上面讲到的危险情况，我确实一点把握都没有。中者指的是一项手术成功，一项失败。这个情况我认为可能性最大。不管是保住左眼，还是保住右眼，只要我还能看到东西，我就满意了。下者则是两项手术全都失败。这情况虽可怕，然而可能性确实是存在的。为了未雨绸缪，我甚至试做赛前的热身操。我故意长时间地闭上双目，只用手来摸索。桌子上和窗台上的小摆设，对我毫无用处了，我置之不摸。书本和钢笔、铅笔，也不能再为我服务了，我也不去摸它们。我只摸还有点用的刀子和叉子，手指尖一阵冰凉，心里感到颇为舒服。我又痴想联翩，想到国外一些失明的名人，比如鲁迅的朋友俄国盲诗人爱罗先珂。我又想到自己几位失明的师辈。冯友兰先生晚年目盲，却写出崭新的《中国哲学史新编》，思想解放、挥洒自如，成为一生绝唱。年已一百零五岁的陈翰笙先生，在庆祝他百年诞辰时，虽已目盲多年，却仍然要求工作。陈寅恪先生忧患一生，晚年失明，却写出了长达八十万字的《柳如是别传》，为士林所称绝。类似的例子，还可以举出一些来。但是，我觉得，这几个例子已经够了，已经足以警顽立懦，振聋发聩了。

以上都只是幻想。幻想终归是幻想，我还是回到现实中来吧。现实就是我要二进宫，再回到同仁医院。当年一进宫的时候，我坐车中，心神不定，不知是出于什么原因，无端背诵起来了苏东坡的"明月几时有？把酒问青天"这一首词，往复背诵了不知道多少遍，一直到走下汽车，躺在手术台上，我又无端背诵起来了苏词"缥缈红妆照浅溪"一首，原因至今不明。

我这一出一进宫，只是为了做一个手术，却唱了十七天。这一出二进宫，是想做两个手术，难道真让我唱上三十四天吗？可是我真正万万没有想到，我进宫的第二天早晨，施大夫就让人通知我，下午一点做白内障手术，后来又提前到中午十二点。这一次我根本没有诗兴，根本没有想到东坡词。一躺上手术台，施大夫同我聊了几句闲天："季老！你已经迫近九十高龄，牙齿却还这样好。"我答曰："前面排牙是装饰门面的，后面的都已支离破碎了。"于是手术开始，不到二十分钟便胜利结束，让我愉快地吃了一惊。

过了几天，我又经历了一次愉快的吃惊。刚吃完午饭，正想躺下午休，推门进来了一位大夫，不是别人，正是施玉英大夫本人，后面跟着一位柴大夫，这完全出我意料。除了查房外，施大夫是不进病房的。她通知我，待一会儿下午一点半做打激光手术。我惊诧莫名，但心里立即紧张起来。我听一个过来人说过，打激光要扎麻药，打完后，第一夜时有剧痛，须服止痛药，才能勉强熬住，过一两天，还要回医院检查。手续麻烦得很哩。但是，箭在弦上，不能不发，我硬着头皮，准时到了手术室，两位大夫都在。施大夫让我坐在一架医院到处都有的检查眼睛的机器旁，我熟练地把下巴颏儿压在一个盘状的东西上，心里想，这不过是手术前照例的检查，下一道手续应该是扎麻药针了。柴大夫先坐在机器的对面，告诉我，右眼珠不要动，要向前看。只听得啪啪几声响。施大夫又坐在那个位子上，又只是啪啪几声，前后不到几秒钟，两个大夫说："手术完了！"我吃惊得目瞪口呆："怎么完了？"我以为大头还在后面哩。我站了起来，睁眼环顾四周，眼前大放光明了。几秒钟之隔，竟换了一个天地，我首先看到了施大夫。我同这一位为我发蒙的大恩人，做白内障手术已达两万多例的、名满天下的女大夫，打交道已有数年之久，但是，她的形象在我眼中只是一个影子。今天她活灵活现地站在我眼前，满面含笑。我又是一惊："她怎么竟是这样年轻啊！"我目光所及，无不熠熠闪光。几秒钟前，不见舆薪，而今却能明察秋毫。回到病房，看到陆燕大夫，几天来，她的庐山真面目，似乎总是隐而不彰，现在看到她是一个二十岁刚出头的年轻少女。当年杜甫闻官军收复河南河北而"漫卷诗书喜欲狂"，我眼前虽没有诗书可卷，而"喜欲狂"则是完全相同的。

回到燕园，时隔只有九天，却仿佛真正换了人间。临走时，一切都是模模糊糊的，回来时却一切都清清楚楚，都在光天化日之下了。天空更蓝，云彩更白；山更青，水更碧；小草更绿，月季更红；水塔更显得凌空巍然，小岛更显得蓊郁葳蕤。所有这一切，以前都似乎没有看得这样清清白白，今天一见，俨然如故友重逢了。

楼前的一半种了季荷的大池塘，多少年来，特别是近半年以来，在我眼中，只是扑朔迷离，模糊一团，现在却明明白白，清清晰晰地奔来眼底。塘边垂柳，枝条万千，倒映塘中，形象朗然。小鱼在树影中穿梭浮游，有时似爬上枝条，有时竟如穿透树干。水面上的黑色长腿的小虫，一跳一跳地往来游戏。荷塘中莲叶已田田出水，嫩绿满目，水中游鱼大概正在"游戏莲叶间"吧。可惜这情景不但现在看不到，连以前也是难以看到的。

走进家中，我多日想念的小猫们列队欢迎。它们真也像想念我多日了。现在挤在一起，在我脚下，钻来钻去。有的用嘴咬我的裤腿角，有的用毛茸茸的身子在我腿上蹭来蹭去，有的竟跳上桌子，用软软的小爪子拍我的脸。一时白光闪闪，满室生春，我顾而乐不可支。我养的小猫都是从我家乡山东临清带来的纯种波斯猫，纯白色，其中有一些是两只眼睛颜色不同的，一黄一碧，俗称金银眼或鸳鸯眼。这是波斯猫的特征之一。但是，在我长期半盲期间，除非把小猫脑袋抱得逼近我眼前，我是看不出来的。

063

平常只觉得猫眼浑然一体而已。现在，自己的眼睛大放光明了，小猫在我眼中形象也随之大变，它们瞪大了圆圆的眼睛瞅着我，黄碧莹然，如同初见，我真正惊喜莫名了。

总之，花花世界，万紫千红，大放光明，尽收眼中。我真想手之舞之，足之蹈之了。

我真觉得，大千世界是美妙的。

我真觉得，人间是秀丽的。

我真觉得，生活是可爱的。

所有这一切都是二进宫的产物。我现在唯有祈祷上苍，千万不要让我三进宫。

二〇〇〇年六月八日写完

辑二

人生缓缓，
自有答案

每到下班或者开会回来，看到老友在侍弄花，我总要停下脚步，聊上几句，看一看花。花美，地方也美，人在其中，顿觉尘世烦恼一扫而光。

晨趣

一抬头,眼前一片金光:朝阳正跳跃在书架顶上玻璃盒内日本玩偶藤娘身上,一身和服,花团锦簇,手里拿着淡紫色的藤萝花,都熠熠发光,而且闪烁不定。

我开始工作的时候,窗外暗夜正在向前走动。不知怎样一来,暗夜已逝,旭日东升。这阳光是从哪里流进来的呢?窗外一棵高大的梧桐树,枝叶繁茂,仿佛张开了一张绿色的网。再远一点,在湖边上是成排的垂柳。所有这一些都不利于阳光的穿透。然而阳光确实流进来了,就流在藤娘身上……

然而,一转瞬间,阳光忽然又不见了,藤娘身上,一片阴影。窗外,在梧桐和垂柳的缝隙里,一块块蓝色的天空。成群的鸽子正盘旋飞翔在这样的天空里,黑影在蔚蓝上面划上了弧线。鸽影落在湖中,清晰可见,好像比天空里的更富有神韵,宛如镜花水月。

朝阳越升越高,透过浓密的枝叶,一直照到我的头上。我心中一动,阳光好像有了生命,它启迪着什么,它暗示着什么。我忽然想到印度大诗人泰戈尔,每天早上对着初升的太阳,静坐沉思,幻想与天地同体,与宇宙合一。我从来没达到这样的境界,我没有这一份福气。可是我也感到太阳的威力,心中思绪腾翻,仿佛也能洞察三界,透视万有了。

现在我正处在每天工作的第二阶段的开头上。紧张地工作了一个阶段以后,我现在想松缓一下,心里有了余裕,能够抬一抬头,向四周,特别是窗外观察一下。窗外风光如旧,但是四季不同:春花,秋月,夏雨,冬雪,情趣各异,动人则一。现在正是夏季,浓绿扑人眉宇,鸽影在天,湖光如镜。多少年来,当然都是这个样子。为什么过去我竟视而不见呢?今天,藤娘身上一点闪光,仿佛照透了我的心,让我抬起头来,以崭新的眼光来衡量一切,眼前的东西既熟悉,又陌生,我仿佛搬到了一个新的地方,把我好奇的童心一下子都引逗起来了。我注视着藤娘,我的心却飞越茫茫大海,飞到了日本,怀念起赠送给我藤娘的室伏千津子夫人和室伏佑厚先生一家来。真挚的友情温暖着我的心……

窗外太阳升得更高了。梧桐树椭圆的叶子和垂柳的尖长的叶子,交织在一起,椭圆与细长相映成趣。最上一层阳光照在上面,一片嫩黄;下一层则处在背阴处,一片黑绿。远处的塔影,屹立不动。天空里的鸽影仍然在划着或长或短、或远或近的弧线。再把眼光收回来,则看到里面窗台上摆着的几盆君子兰,深绿肥大的叶子,给我心中增添了绿色的力量。

多么可爱的清晨,多么宁静的清晨!

此时我怡然自得,其乐陶陶。我真觉得,人生毕竟是非常可爱的,大地毕竟是非常可爱的。我有点不知老之已至了。我这个从来不写诗的人心中似乎也有了一点诗意。

此身合是诗人未?

鸽影湖光入目明。

我好像真正成为一个诗人了。

一九八八年十月十三日晨

一个盛刮胡子刀架的塑料盒

我于一九三五年夏天到了德国的柏林,临时在大街上一个小杂货铺里买了一个盛刮胡子刀架的小盒,颜色是深紫的,非木非金属,大概也是一种什么塑料制成的,并不起眼,绝非名牌,我临时急需,顺便买来而已。

可是我万万没有想到,就是这样一个我并不特别重视的小盒,竟陪伴了我六十多年,到现在我仍然天天用它,它仍然完好无缺,没有变形,没有损坏。我日常使用的钢笔、小刀之类的东西,日常穿用的衣、裤、鞋、袜等,早已不知道换了多少代,独独这一个小盒子却赫然在目,仍然像六十多年以前那样,天天为我服务。

这个小盒子是见过大世面的。它在德国陪了我整整十年,在瑞士陪了我半年,又陪我经过法国和越南回到祖国。我在亚洲到过许多国家和地区，四下日本，五赴印度，两访韩国，至于中国香港和澳门都曾留下我的游踪。非洲我走过大半个，短期的出国，以及在国内的旅行，更无法统计次数。衣服屡屡更换，用品常常翻新，以不变应万变者，唯此一个小盒。

对于这样一个事实，我最初并没有感觉到。一九六五年，我在农村中搞"四清"。有一天，小盒忽然不见了，我急得满头大汗，怀疑是房东小孩由于好奇拿去玩了。后来忽然又神奇地找到了它，心中大喜。从此我才意识到它对于我的重要性。在牛棚中，自己的性命就悬在牢头禁子的长矛尖上，谁还有胆量和兴致去刮胡子。囚首丧面，古有明训，胡子拉碴，习以为常，同我的小盒子真是久违久违了。一想起来，心里就不是滋味。到现在又已过去了三十多年，而小盒仍然在我的洗脸盆中。一看到它，心里就有说不出的温暖。我这位终生陪伴我的老友，忽然变得大了起来，大到充天地塞宇宙。它是我这个望九老人一生坎坎坷坷的见证人。

写到这里，我自己也觉有点好笑起来。我这不是博士买驴，满纸三张，不见"驴"字了吗？其实，我的"驴"字是非常清楚的。试问世界上有哪一个国家能够制造出一件微不足道的器物而能六七十年不变形不磨损的？我敢说：没有！没有！在这一件小事的背后隐藏着的是德国民族的严谨与真诚。在当今全世界大声吆喝争创名牌的喧嚣声中，一个沉默不语的德国制造的小盒子，给了我们最高的启示。

一九九九年三月十二日

咪咪

我现在越来越不了解自己了。我原以为自己不是多愁善感的人，内心还是比较坚强的。现在才发现，这只是一个假象，我的感情其实脆弱得很。

八年以前，我养了一只小猫，取名咪咪。它大概是一只波斯混种的猫，全身白毛，毛又长又厚，冬天胖得滚圆。额头上有一块黑黄相间的花斑，尾巴则是黄的。总之，它长得非常逗人喜爱。因为我经常给它些鱼肉之类的东西吃，它就特别喜欢我。有几年的时间，它夜里睡在我的床上。每天晚上，只要我一铺开棉被，盖上毛毯，它就急不可待地跳上床去，躺在毯子上。我躺下不久，就听到它打呼噜——我们家乡话叫"念经"——的声音。半夜里，我在梦中往往突然感到脸上一阵冰凉，是小猫用舌头来舔我了，有时候还要往我被窝里钻。偶尔有一夜，它没有到我床上来，我顿感空荡寂寞，半天睡不着。等我半夜醒来，脚头上沉甸甸的，用手一摸：毛茸茸的一团，心里有说不出来的甜蜜感，再次入睡，如游天宫。早晨一起床，吃过早点，坐在书桌前看书写字。这时候咪咪决不再躺在床上，而是一定要跳上书桌，趴在台灯下面我的书上或稿纸上，有时候还要给我一个屁股，头朝里面。有时候还会摇摆尾巴，把我的书页和稿纸摇乱。过了一些时候，外面天色大亮，我就把咪咪和另外一只纯种"国猫"名叫虎子的黑色斑纹的"土猫"放出门去，到湖边和土山下草坪上去吃点青草，就地打几个滚，然后跟在我身后散步。我上山，它们就上山；我走下来，它们也跟下来。猫跟人散步是极为稀见的，因此成为朗润园一景。这时候，几乎每天都碰到一位手提鸟笼遛鸟的老退休工人，我们一见面，就相对大笑一阵："你在遛鸟，我在遛猫，我们各有所好啊！"我的一天，往往就是在这种情况下开始的。其乐融融，自不在话下。

大概在一年多以前，有一天，咪咪忽然失踪了。我们全家都有点着急。我们左等，右等；左盼，右盼，望穿了眼睛，只是不见。在深夜，在凌晨，我走了出来，瞪大了双眼，尖起了双耳，希望能在朦胧中看到一团白色，希望能在万籁俱寂中听到一点声息。然而，一切都是枉然。这样过了三天三夜，一个下午咪咪忽然回来了。雪白的毛上沾满了杂草，颜色变成了灰突突的，完全一副狼狈不堪的样子。一头闯进门，直奔猫食碗，狼吞虎咽，大嚼一通。然后跳上壁橱，藏了起来，好半天不敢露面。从此，它似乎变了脾气，拉尿不知，有时候竟在桌子上撒尿和拉屎。它原来是一只规矩温顺的小猫咪，完全不是这样子的。我们都怀疑，它之所以失踪，是被坏人捉走了的，想逃跑，受到了虐待，甚至受到捶挞，好不容易逃了回来，逃出了魔掌，生理上受到了剧烈的震动，才落了一身这样的坏毛病。

我们看了心里都很难受。一个纯洁无辜的小动物，竟被折磨成这个样子，谁能无动于衷呢？可是我又有什么办法？我是最喜爱这个小东西的，心里更好像是结上了一个大疙瘩，然而却是爱莫能助，眼睁睁地看它在桌上的稿纸上撒尿。但是，我决不打它。我一向主张，对小孩子和小动物这些弱者，动手打就是犯罪。我常说，一个人如果自认还有一点力量、一点权威的话，应当向敌人和坏人施展，不管他们多强多大。向弱者发泄，算不上英雄汉。

然而事情发展却越来越坏，咪咪任意撒尿和拉屎的频率增加了，范围扩大了。在桌上，床下，澡盆中，地毯上，书上，纸上，只要从高处往下一跳，尿水必随之而来。我以耄耋衰躯，匍匐在床下桌下向纵深的暗处去清扫猫屎，钻出来以后，往往喘上半天粗气。我不但毫不气馁，而且大有乐此不疲之慨，心里乐滋滋的。我那年近九旬的老祖笑着说："你从来没有给女儿、儿子打扫过屎尿，也没有给孙子、孙女打扫过，现在却心甘情愿服侍

075

这一只小猫！"我笑而不答。我不以为苦，反以为乐。这一点我自己也解释不清楚。

但是，事情发展得比以前更坏了。家人忍无可忍，主张把咪咪赶走。

我觉得，让它出去野一野，也许会治好它的病，我同意了。于是在一个晚上把咪咪送出去，关在门外。我躺在床上，辗转反侧，再也睡不着。后来蒙眬睡去，做起梦来，梦到的不是别的什么，而是咪咪。第二天早晨，天还没有亮，我拿着手电到楼外去找。我知道，它喜欢趴在对面居室的阳台上。拿手电一照，白白的一团，咪咪蜷伏在那里，见到了我"咪噢"叫个不停，仿佛有一肚子委屈要向我倾诉。我听了这种哀鸣，心酸泪流。如果猫能做梦的话，它梦到的必然是我。它现在大概怨我太狠心了，我只有默默承认，心里痛悔万分。

我知道，咪咪的母亲刚刚死去，它自己当然完全不懂这一套，我却是懂得的。我青年丧母，留下了终天之恨。年近耄耋，一想到母亲，仍然泪流不止。现在竟把思母之情移到了咪咪身上。我心跳手颤，赶快拿来鱼饭，让咪咪饱餐一顿。但是，没有得到家人的同意，我仍然得把咪咪留在外面。而我又放心不下，经常出去看它。我住的朗润园小山重叠，林深树茂，应该说是猫的天堂。可是咪咪硬是不走，总卧在我住宅周围。我有时晚上打手电出来找它，在临湖的石头缝中往往能发现白色的东西，那是咪咪。见了我，它又"咪噢"直叫。它眼睛似乎有了病，老是泪汪汪的。它的泪也引起了我的泪，我们相对而泣。

我这样一个走遍天涯海角饱经沧桑的垂暮之年的老人，竟为这样一只小猫而失魂落魄，对别人来说，可能难以解释，但对我自己来说，却是很容易解释的。从报纸上看到，定居台湾的老友梁实秋先生，在临终时念念不忘的是他的猫。我读了大为欣慰，引为"同志"，这也可以说是"猫坛"佳话吧。我现在再也不硬充英雄好汉了，我俯首承认我是多愁善感的。

咪咪这样一只小猫就戳穿了我这一只"纸老虎"。我了解到了自己的本来面目，并不感到有什么难堪。

现在，我正在香港讲学，住在中文大学会友楼中。此地背山面海，临窗一望，海天混茫，水波不兴，青螺数点，帆影一片，风光异常美妙，园中有四时不谢之花，八节长春之草，兼又有主人盛情款待，我心中此时乐也。然而我却常有"山川信美非吾土"之感，我怀念北京燕园中我的家人，我的朋友，我的书房，我那堆满书案的稿子。我想到北国就要千里冰封、万里雪飘，"马后桃花马前雪，教人怎得不回头？"。我归心似箭，决不会"回头"。特别是当我想到咪咪时，我仿佛听到它的"咪噢"的哀鸣，心里颤抖不停，想立刻插翅回去。小猫吃不到我亲手给它的鱼肉，也许大惑不解："我的主人哪里去了呢？"猫们不会理解人们的悲欢离合。我庆幸它不理解，否则更会痛苦了。好在我留港时间即将结束,我不久就能够见到我的家人,我的朋友。燕园中又多了一个我,咪咪会特别高兴的,它的病也许会好了。北望云天万里,我为咪咪祝福。

一九八八年十一月八日写于香港中文大学会友楼
一九九六年一月二日重抄于北大燕园

听雨

(一)

从一大早就下起雨来。下雨，本来不是什么稀罕事，但这是春雨，俗话说："春雨贵如油。"而且又在罕见的大旱之中，其珍贵就可想而知了。

"润物细无声"，春雨本来是声音极小极小的，小到了"无"的程度。但是，我现在坐在隔成了一间小房子的阳台上，顶上有块大铁皮。楼上滴下来的檐溜就打在这铁皮上，打出声音来，于是就不"细无声"了。按常理说，我坐在那里，同一种死文字拼命，本来应该需要极静极静的环境，极静极静的心情，才能安下心来，进入角色，来解读这天书般的玩意儿。这种雨敲铁皮的声音应该是极为讨厌的，是必欲去之而后快的。

然而，事实却正相反。我静静地坐在那里，听到头顶上的雨滴声，此时有声胜无声，我心里感到无量的喜悦，仿佛饮了仙露，吸了醍醐，大有飘飘欲仙之慨了。这声音时慢时急，时高时低，时响时沉，时断时续，有时如金声玉振，有时如黄钟大吕，有时如大珠小珠落玉盘，有时如红珊白瑚沉海里，有时如弹素琴，有时如舞霓霓，有时如百鸟争鸣，有时如兔落鹘起，我浮想联翩，不能自已，心花怒放，风生笔底。死文字仿佛活了起来，我也仿佛又溢满了青春活力。我平生很少有这样的精神境界，更难为外人道也。

在中国，听雨本来是雅人的事。我虽然自认还不是完全的俗人，但能否就算是雅人，却还很难说。我大概是介乎雅俗之间的一种动物吧。中国古代诗词中，关于听雨的作品是颇有一些的。顺便说上一句：外国诗词中似乎少见。我的朋友章用回忆表弟的诗中有"频梦春池添秀句，每闻夜雨忆联床"，是颇有一点诗意的。连《红楼梦》中的林妹妹都喜欢李义山的"留得残荷听雨声"之句。最有名的一首听雨的词当然是宋蒋捷的《虞美人》，词不长，我索性抄它一下：

少年听雨歌楼上，红烛昏罗帐。壮年听雨客舟中，江阔云低，断雁叫西风。

而今听雨僧庐下，鬓已星星也。悲欢离合总无情，一任阶前，点滴到天明。

蒋捷听雨时的心情，是颇为复杂的。他是用听雨这一件事来概括自己的一生的，从少年、壮年一直到老年，达到了"悲欢离合总无情"的境界。但是，古今对老的概念，有相当大的差异。他是"鬓已星星也"，有一些白发，看来最老也不过五十岁左右。用今天的眼光看，他不过是介乎中老之间，用我自己比起来，我已经到了望九之年，鬓边早已不是"星星也"，顶上已是"童山濯濯"了。要讲达到"悲欢离合总无情"的境界，我比他有资格。我已经能够"纵浪大化中，不喜亦不惧"了。

可我为什么今天听雨竟也兴高采烈呢？这里面并没有多少雅味，我在这里完全是一个"俗人"。我想到的主要是麦子，是那辽阔原野上的青青的麦苗。我生在乡下，虽然六岁就离开，谈不上干什么农活，但是我拾过麦子，捡过豆子，割过青草，劈过高粱叶。我血管里流的是农民的血，一直到今天垂暮之年，毕生对农民和农村怀着深厚的感情。农民最高的希望是多打粮食。天一旱，就威胁着庄稼的成长。即使我长期住在城里，下雨一少，我就望云霓，自谓焦急之情，绝不下于农民。北方春天，十年九旱。今年[1]似乎又旱得邪行。我天天听天气预报，时时观察天上的

---

[1] 此处指一九九五年。

云气。忧心如焚，徒唤奈何。在梦中也看到的是细雨蒙蒙。

今天早晨，我的梦竟实现了。我坐在这长宽不过几尺的阳台上，听到头顶上的雨声，不禁神驰千里，心旷神怡。在大大小小、高高低低、有的方正、有的歪斜的麦田里，每一个叶片都仿佛张开了小嘴，尽情地吮吸着甜甜的雨滴，有如天降甘露，本来有点黄萎的，现在变青了。本来是青的，现在更青了。宇宙间凭空添了一片温馨，一片祥和。

我的心又收了回来，收回到了燕园，收回到了我楼旁的小山上，收回到了门前的荷塘内。我最爱的二月兰正在开着花。它们拼命从泥土中挣扎出来，顶住了干旱，无可奈何地开出了红色的、白色的小花，颜色如故，而鲜亮无踪，看了给人以孤苦伶仃的感觉。在荷塘中，冬眠刚醒的荷花，正准备力量向水面冲击。水当然是不缺的。但是，细雨滴在水面上，画成了一个个小圆圈，方逝方生，方生方逝。这本来是人类中的诗人所欣赏的东西，小荷花看了也高兴起来，劲头更大了，肯定会很快地钻出水面。

我的心又收近了一层，收到了这个阳台上，收到了自己的腔子里，头顶上叮当如故，我的心情怡悦有加。但我时时担心，它会突然停下来。我潜心默祷，祝愿雨声长久响下去，响下去，永远也不停。

一九九五年四月十三日

（二）

我大概对雨声情有独钟，我曾写过一篇《听雨》，现在又写《听雨》。

从凌晨起，外面就下起小雨来。我本来有几张桌子，供我写作之用；我却偏偏选了阳台上铁皮封顶下的一张。雨滴和檐溜敲在上面，叮当作响。小保姆劝我到屋里面另一张临窗的大桌旁去写作，说是那里安静。焉知我觉得在阳台上，在雨声中更安静。王籍诗："鸟鸣山更幽。"有人以为奇怪：鸟不鸣不是比鸣更为幽静吗？山中这样的经验我没有，雨中这样的经验我却是有的。我觉得"雨响室更幽"，眼前就是这样。

我伏在桌旁，奋笔疾书，上面铁皮上雨点和檐溜敲打得叮叮当当，宛如白居易《琵琶行》的琵琶声，"大珠小珠落玉盘"，其声清越，缓急有节，敲打不停，似有间歇。其声不像贝多芬的音乐，不像肖邦的音乐，不像莫扎特的音乐，不像任何大音乐家的音乐；然而谛听起来，却真又像贝多芬，像肖邦，像莫扎特。我听而乐之，心旷神怡，心灵中特别幽静，文思如泉水涌起，深深地享受着写作的情趣。

悠然抬头，看到窗外，浓绿一片，雨丝像玉帘一般，在这一片浓绿中画上了线。新荷初露田田叶，垂柳摇曳丝丝烟，几疑置身非人间。

　　我当然会想到小山上我那些野草闲花的植物朋友，它们当然也绝不会轻易放过这样的天赐良机，尽量张大了嘴，吮吸这些从天上滴下来的甘露，为来日抵抗炎阳做好准备。

　　我头顶上滴声未息，而阳台上幽静有加，我仿佛离开了嘈杂的尘寰，与天地万物合为一体。

一九九七年六月三日

两行写在泥土地上的字

夜里有雷阵雨，转瞬即停。"薄云疏雨不成泥"，门外荷塘岸边，绿草坪畔，没有积水，也没有成泥，土地只是湿漉漉的。一切同平常一样，没有什么特异之处。

我早晨出门，想到外面呼吸点新鲜空气，这也同平常一样，并没有什么特异之处。然而，我的眼睛一亮，蓦地瞥见塘边泥土地上有一行用树枝写成的字：

季老好　九八级日语

回头在临窗玉兰花前的泥土地上也有一行字：

来访　九八级日语

我一时懵然，莫名其妙。还不到一瞬间，我恍然大悟：九八级是今年[1]的新生。今天上午，全校召开迎新大会；下午，东方学系召开迎新大会。在两大盛会之前，这一群（我不知道准确数目）从未谋面的十七八九岁的男女大孩子，先到我家来，带给我无法用言语形容的这一番深情厚谊。但他们恐怕是怕打扰我，便想出了这一个惊人的、匪夷所思的办法，用树枝把他们的深情写在了泥土地上。他们估计我会看到的，便悄然离开了我的家门。

我果然看到他们留下的字了。我现在已经望九之年，我走过的桥比这一帮大孩子走过的路还要长，我吃过的盐比他们吃过的面还要多，自谓已经达到了"悲欢离合总无情"的境界。然而，今天，我一看到这两行写在泥土地上的字，我却真正动了感情，眼泪一下子涌出了眼眶，双双落到了泥土地上。

我是一个平凡的人，生平靠自己那一点勤奋，做出了一点微不足道的成绩。对此我并没有多大信心。独独对于青年，我却有自己一套看法。我认为，我们中年人或老年人，不应当一过了青年阶段，就忘记了自己当年穿开裆裤的样子，好像自己一下生就老成持重，对青年总是横挑鼻子竖挑眼。我们应当努力理解青年，同情青年，帮助青年，爱护青年。不能要求他们总是四平八稳，总是温良恭俭让。我相信，中国青年都是爱国的，爱真理的。即使有什么

---

[1] 此处指一九九八年。

"逾矩"的地方，也只能耐心加以劝说，惩罚是万不得已而为之的。一个国家，一个民族，如果对自己的青年失掉了信心，那它就失掉了希望，失掉了前途。我常常这样想，也努力这样做。在风和日丽时是这样，在阴霾蔽天时也是这样。这要不要冒一点风险呢？要的。但我人微言轻，人小力薄，除了手中的一支圆珠笔以外，就只有嘴里那三寸不烂之舌，除了这样做以外，也没有别的办法。

大概就由于这些情况，再加上我的一些所谓文章，时常出现在报纸杂志上，有的甚至被选入中学教科书，于是普天下青年男女颇有知道我的姓名的。青年们容易轻信，他们认为报纸杂志上所说的都是真实的，就轻易对我产生了一种好感，一种情意。我现在几乎每天都能收到全国各地，甚至穷乡僻壤的边远地区青少年们的来信，大中小学生都有。他们大概认为我无所不能，无所不通，而又颇为值得信赖，向我提出各种各样的问题，有的简直石破天惊，有的向我倾诉衷情。我想，有的事情他们对自己的父母也未必肯讲的，比如想轻生自杀之类，他们却肯对我讲。我读到这些书信，感动不已。我已经到了风烛残年，对人生看得透而又透，只等造化小儿给我的生命画上句号。然而这些素昧平生的男女大孩子的信，却给我重新注入了生命的活力。苏东坡的词说："谁道人生无再少？门前流水尚能西。休将白发唱黄鸡。"我确实有"再少"之感了，这一切我都要感谢这些男女大孩子。

东方学系九八级日语专业的新生，一定就属于我在这里所说的男女大孩子们。他们在五湖四海的什么中学里，读过我写的什么文章，听到过关于我的一些传闻，脑海里留下了我的影子。所以，一进燕园，赶在开学之前，就迫不及待地把自己那一份情意，用他们自己发明出来的也许从来还没有被别人使用过的方式，送到了我的家门口来，惊出了我的两行老泪。我连他们的身影都没有看到，我看到的只是清塘里面的荷叶。此时虽已是初秋，却依然绿叶擎天，水影映日，满塘一片浓绿。回头看到窗前那一棵玉兰，也是翠叶满枝，一片浓绿。绿是生命的颜色，绿是青春的颜色，绿是希望的颜色，绿是活力的颜色。这一群男女大孩子正处在平常人们所说的绿色年华中，荷叶和玉兰叶所象征的正是他们。我想，他们一定已经看到了绿色的荷叶和绿色的玉兰叶，他们的影子一定已经倒映在荷塘的清水中。虽然是转瞬即逝，连他们自己也未必注意到。可他们与这一片浓绿真可以说是相得益彰，溢满了活力，充满了希望，将来左右这个世界的，决定人类前途的正是这一群年轻的男女大孩子。他们真正让我"再少"，他们在这方面的力量绝不亚于我在上面提到的那些全国各地青少年的来信，我虔心默祷——虽然我并不相信——造物主能从我眼前的八十七岁中抹掉七十年，把我变成一个十七岁的少年，使我同他们一起学习，一起娱乐，共同分享普天下的凉热。

一九九八年九月二十五日

芝兰之室

我喜欢绿色的东西，我觉得，绿色是生命的颜色，即使是在冬天，我在屋里总要摆上几盆花草，如君子兰之类。旧历元日前后，我一定要设法弄到几盆水仙，眼睛里看到的是翠绿的叶子，鼻子里闻到的是氤氲的幽香，我顾而乐之，心旷神怡。

今年[1]当然不会是例外。友人送给我几盆水仙，摆在窗台上。下面是一张极大的书桌，把我同窗台隔开。大概是由于距离远了一点，我只见绿叶，不闻花香，颇以为憾。

今天早晨，我一走进书房，蓦地一阵浓烈的香气直透鼻官。我愕然一愣，刹那间，我意识到，这是从水仙花那里流过来的。我坐下，照例爬我的格子。我在潜意识里感到，既然刚才能闻到

---

[1] 此处指一九九八年。

花香，这就证明，花香是客观存在着的，而且还不会是瞬间的，而是长时间的存在。可是，事实上，在那愕然一愣之后，水仙花香神秘地消逝了，我鼻子再也闻不到什么了。

这是什么原因呢？

我又陷入了想入非非中。

中国古代《孔子家语》中就有几句话："与善人居，如入芝兰之室，久而不闻其香，即与之化矣。"我在这里关心的不是"化"与"不化"的问题，而是"久而不闻其香"。刚才水仙花给我的感受，就正是"久而不闻其香"。可见这样的感受，古人早已经有了。

我常幻想，造化小儿喜欢耍点"小"——也许是"大"——聪明，给人们开点小玩笑。他（它，她？）给你以本能，让你舌头知味，鼻子知香。但是，又不让你长久地享受，只给你一瞬间，然后复归于平淡，甚至消逝。比如那一位"老佛爷"慈禧，在宫中时，瞅见燕窝、鱼翅、猴头、熊掌，一定是大皱其眉头。然而，八国的"老外"来到北京，她仓皇西逃，路上吃到棒子面的窝头，味道简直赛过龙肝凤髓，认为是从未尝过的美味。她回到北京宫中以后，想再吃这样的窝头，可普天之下再也找不到了。

造化小儿就是使用这样的手法，来实施一种平衡的策略，使美味佳肴与粗茶淡饭，使帝后显宦与平头老百姓，等等，都成为相对的东西，都受时间与地点的约束。否则，如果美味对一个人来说永远美，那么帝后显宦们的美食享受不是太长了吗？在芸芸众生中间不是太不平衡了吗？

对鼻官来说，水仙花还有芝兰的香气也只能作如是观，一瞬间，你获得了令人吃惊的美感享受；又一瞬间，香气虽然仍是客观存在，你的鼻子却再也闻不到了。

造化小儿玩的就是这一套把戏。

一九九八年二月一日

园花寂寞红

楼前右边，前临池塘，背靠土山，有几间十分古老的平房，是清代保卫八大园的侍卫之类的人住的地方。整整四十年以来，一直住着一对老夫妇：女的是德国人，北大教员；男的是中国人，钢铁学院教授。我在德国时，已经认识了他们，算起来到今天已经将近六十年了，我们算是老朋友了。三十年前，我们的楼建成，我是第一个搬进来住的。从那以后，老朋友又成了邻居。有些往来，是必然的。逢年过节，互相拜访，感情是融洽的。

我每天到办公室去，总会看到这个个子不高的老人，蹲在门前临湖的小花园里，不是除草栽花，就是浇水施肥；再就是砍几竿门前屋后的竹子，扎成篱笆。嘴里叼着半支雪茄，笑眯眯的。忙忙碌碌，似乎乐在其中。

他种花很有一些特点。除了一些常见的花以外，他喜欢种外国种的唐菖蒲，还有颜色不同的名贵的月季。最难得的是一种特大的牵牛花，比平常的牵牛花要大一倍，宛如小碗口一般。每年春天开花时，颇引起行人的注目。据说，此花来头不小。在北京，只有梅兰芳家里有，齐白石晚年以画牵牛花闻名全世，临摹的就是梅府上的牵牛花。

我是颇喜欢一点花的。但是我既少空闲，又无水平。买几盆名贵的花，总养不了多久，就呜呼哀哉。因此，为了满足自己的美感享受，我只能像北京人说的那样看"蹭"花。现在有这样神奇的牵牛花，绚丽夺目的月季和唐菖蒲，就摆在眼前，我焉得不"蹭"呢？每到下班或者开会回来，看到老友在侍弄花，我总要停下脚步，聊上几句，看一看花。花美，地方也美，湖光如镜，杨柳依依，说不尽的旖旎风光，人在其中，顿觉尘世烦恼一扫而光，仿佛遗世而独立了。

但是，世事往往有出人意料者。两个月前，我忽然听说，老友在夜里患了急病，不到几个小时，就离开了人间。我简直不敢相信，然而这又确是事实。我年届耄耋，阅历多矣，自谓已能做到"悲欢离合总无情"了。事实上并不是这样。我有情，有多得超过了需要的情，老友之死，我焉能无动于衷呢？"当时只道是寻常"这一句浅显而实深刻的词，又萦绕在我心中。

几天来，我每次走过那个小花园，眼前总仿佛看到老友的身影，嘴里叼着半支雪茄，笑眯眯的，蹲在那里，侍弄花草。这当然只是幻象。老友走了,永远永远地走了。我抬头看到那大朵的牵牛花和多姿多彩的月季花,它们失去了自己的主人。朵朵都低眉敛目,一脸寂寞相,好像"溅泪"的样子。它们似乎认出了我,知道我是自己主人的老友,知道我是自己的认真入迷的欣赏者,知道我是自己的知己。它们在微风中摇曳,仿佛向我点头,向我倾诉心中郁积的寂寞。

现在才只是夏末秋初。即使是寂寞吧,牵牛花和月季仍然能够开花的。一旦秋风劲吹,落叶满山,牵牛花和月季还能开下去吗?再过一些时候,冬天还会降临人间的。到了那时候,牵牛花们和月季们只能被压在白皑皑的积雪下面的土里,做着春天的梦,连感到寂寞的机会都不会有了。

明年,春天总会重返大地的。春天总还是春天,它能让万物复苏,让万物再充满了活力。但是,这小花园的月季和牵牛花怎样呢?月季大概还能靠自己的力量长出芽来,也许还能开出几朵小花。然而护花的主人已不在人间。谁为它们施肥浇水呢?等待它们的不仅仅是寂寞,而是枯萎和死亡。至于牵牛花,没有主人播种,恐怕连幼芽也长不出来。它们将永远被埋在地中了。

我一想到这里,不禁悲从中来。眼前包围着月季和牵牛花的寂寞,也包围住了我。我不想再看到春天,我不想看到春天来时行将枯萎的月季,我不想看到连幼芽都冒不出来的牵牛花。我虔心默祷上苍,不要再让春天降临人间了。如果非降临不行的话,也希望把我楼前池边的这一个小花园放过去,让这一块小小的地方永远保留夏末秋初的景象,就像现在这样。

一九九二年八月三十日

人间自有真情在

前不久，我写了一篇短文《园花寂寞红》，讲的是楼右前方住着的一对老夫妇，男的是中国人，女的是德国人。他们在德国结婚后，移居中国，到现在已将近半个世纪了。哪里想到，一夜之间男的突然死去。他天天侍弄的小花园，失去了主人。几朵仅存的月季花，在秋风中颤抖，挣扎，苟延残喘，浑身凄凉、寂寞。

我每天走过那个小花园也感到凄凉、寂寞。我心里总在想：到了明年春天，小花园将日益颓败，月季花不会再开。连那些在北京只有梅兰芳家才有的大朵的牵牛花，在这里也将永远永远地消逝了。我的心情很沉重。

昨天中午，我又走过这个小花园，看到那位接近米寿的德国老太太在篱笆旁忙活着。我走近一看，她正在采集大牵牛花的种子。这可真是件新鲜事。我在这里住了三十年,从来没有见到她侍弄过花。我曾满腹疑团:德国人一般都是爱花的,这老太太真有点个别。可今天她为什么也忙着采集牵牛花的种子呢?她老态龙钟,罗锅着腰,穿一身黑衣裳,瘦得像一只螳螂。虽然采集花种不是累活,她干起来也是够呛的。我问她,采集这个干什么?她的回答极简单:"我的丈夫死了,但是他爱的牵牛花不能死!"

我心里一亮,一下子顿悟出来了一个道理。她男人死了,一儿一女都在德国,老太太在中国可以说是举目无亲。虽然说是入了中国籍,但是在中国将近半个世纪,中国话说不了十句,中国饭吃不惯。她好像是中国社会水面上的一滴油,与整个社会格格不入,平常只同几个外国人和中国留德学生来往,显得很孤单。我常开玩笑说:她是组织上入了籍,思想上并没有入。到了此时,老头已去,儿女在外,返回德国,正其时矣。她却偏偏不走。道理何在呢?我百思不得其解。现在,一个非常偶然的机会让我看到她采集大牵牛花的种子。我一下子明白了:这一切都是为了死去的丈夫。

丈夫虽然走了,但是小花园还在,十分简陋的小房子还在。这小花园和小房子拴住了她那古老的回忆,长达半个世纪的甜蜜的回忆。这是他俩共同生活过的地方。为了忠诚于对丈夫的回忆,她不肯离开,不忍离开。我能够想象,她在夜深人静时,独对孤灯。窗外小竹林的窸窣声穿窗而入，屋后土山上草丛中秋虫哀鸣。此外就是一片寂静。丈夫在时，她知道对面小屋里还睡着一个亲人，使自己不会感到孤独。然而现在呢，那个人突然离开自己，走了，永远永远地走了。茫茫天地，好像只剩下自己孤零一人。人生至此，将何以堪！设身处地，如果我处在她的位置上，我一定会马上离开这里，回到自己的祖国，同儿女在一起，度过余年。

然而，这一位瘦得像螳螂似的老太太却偏偏不走，偏偏死守空房，死守这一个小花园。我知道：这一切都是为了死去的丈夫。

这位看似柔弱实极坚强的老太太，已经走到了人生的尽头。这一点恐怕她比谁都明白。然而她并未绝望，并未消沉。她还是浑身洋溢着生命力，在心中对未来还充满了希望。她还想到明年春天，她还想到牵牛花，她眼前一定不时闪过春天小花园杂花竞芳的景象。谁看到这种情况会不受到感动呢？我想，牵牛花而有知，到了明年春天，虽然男主人已经不在了，但它一定会精神抖擞，花朵一定会开得更大，更大，颜色一定会更鲜，更艳。

一九九二年九月二十日

辑三

风月都好看,
人间也浪漫

在这样一个时候,这样一个地方,
有这样的花,有这样的香,我觉得很不寻常;
有花香慰我寂寥,我甚至有一些近乎感激的心情了。

清塘荷韵

楼前有清塘数亩。记得三十多年前初搬来时,池塘里好像是有荷花的,我的记忆里还残留着一些绿叶红花的碎影。后来时移事迁,岁月流逝,池塘里却变得"半亩方塘一鉴开,天光云影共徘徊",再也不见什么荷花了。

我脑袋里保留的旧的思想意识颇多,每一次望到空荡荡的池塘,总觉得好像缺点什么。这不符合我的审美观念。有池塘就应当有点绿的东西,哪怕是芦苇呢,也比什么都没有强。最好的最理想的当然是荷花。中国旧的诗文中,描写荷花的简直是太多太多了。周敦颐的《爱莲说》,读书人不知道的恐怕是绝无仅有的。他那一句有名的"香远益清"是脍炙人口的。几乎可以说,中国没有人不爱荷花的。可我们楼前池塘中独独缺少荷花。每次看到或想到,总觉得是一块心病。

有人从湖北来，带来了洪湖的几颗莲子，外壳呈黑色，极硬。据说，如果埋在淤泥中，能够千年不烂。因此，我用铁锤在莲子上砸开了一条缝，让莲芽能够破壳而出，不至永远埋在泥中。这都是一些主观的愿望，莲芽能不能长出，都是极大的未知数。反正我总算是尽了人事，把五六颗敲破的莲子投入池塘中，下面就是听天命了。

这样一来，我每天就多了一件工作：到池塘边上去看上几次。心里总是希望，忽然有一天，"小荷才露尖尖角"，有翠绿的莲叶长出水面。可是，事与愿违，投下去的第一年，一直到秋凉落叶，水面上也没有出现什么东西。经过了寂寞的冬天，到了第二年，春水盈塘，绿柳垂丝，一片旖旎的风光。可是，我翘盼的水面上却仍然没有露出什么荷叶。此时我已经完全灰了心，以为那几颗从湖北带来的硬壳莲子，由于人力无法解释的原因，大概不会再有长出荷花的希望了。我的目光无法把荷叶从淤泥中吸出。

但是，到了第三年，却忽然出了奇迹。有一天，我忽然发现，在我投莲子的地方长出了几片圆圆的绿叶，虽然颜色极惹人喜爱，但是却细弱单薄，可怜兮兮地平卧在水面上，像水浮莲的叶子一样。而且最初只长出了五六个叶片。我总嫌这有点太少，总希望多长出几片来。于是，我盼星星，盼月亮，天天到池塘边上去观望。有校外的农民来捞水草，我总请求他们手下留情，不要碰断叶片。但是经过了漫漫的长夏，凄清的秋天又降临人间，池塘里浮动的仍然只是孤零零的那五六个叶片。对我来说，这又是一个虽微有希望但究竟仍令人灰心的一年。

真正的奇迹出现在第四年上。严冬一过，池塘里又溢满了春水。到了一般荷花长叶的时候，在去年漂浮着五六个叶片的地方，一夜之间，突然长出了一大片绿叶，而且看来荷花在严冬的冰下并没有停止行动，因为在离开原有五六个叶片的那块基地比较远的池塘中心，也长出了叶片。叶片扩张的速度，扩张范围的扩大，都惊人地快。几天之内，池塘内不小一部分，已经全为绿叶所覆盖。而且原来平卧在水面上的像是水浮莲一样的叶片，不知道是从哪里聚集来了力量，有一些竟然跃出了水面，长成了亭亭的荷叶。原来我心中还迟迟疑疑，怕池中长的是水浮莲，而不是真正的荷花。这样一来，我心中的疑云一扫而光：池塘中生长的真正是洪湖莲花的子孙了。我心中狂喜，这几年总算是没有白等。

天地萌生万物，对包括人在内的动植物等有生命的东西，总是赋予一种极其惊人的求生存的力量和极其惊人的扩展蔓延的力量，这种力量大到无法抗御。只要你肯费力来观察一下，就必然会承认这一点。现在摆在我面前的就是我楼前池塘里的荷花。自从几个勇敢的叶片跃出水面以后，许多叶片接踵而至。一夜之间，就出来了几十枝，而且迅速地扩散、蔓延。不到十几天的工夫,荷叶已经蔓延得遮蔽了半个池塘。从我撒种的地方出发,向东西南北四面扩展。我无法知道,荷花是怎样在深水中淤泥里走动。反正从露出水面的荷叶来看,每天至少要走半尺的距离,才能形成眼前这个局面。

光长荷叶,当然是不能满足的。荷花接踵而至,而且据了解荷花的行家说,我门前池塘里的荷花,同燕园其他池塘里的,都不一样。其他地方的荷花,颜色浅红;而我这里的荷花,不但红色浓,而且花瓣多,每一朵花能开出十六个复瓣,看上去当然就与众不同了。这些红艳耀目的荷花,高高地凌驾于莲叶之上,迎风弄姿,似乎在睥睨一切。幼时读旧诗:"毕竟西湖六月中,风光不与四时同。接天莲叶无穷碧,映日荷花别样红。"爱其诗句之美,深恨没有能亲自到杭州西湖去欣赏一番。现在我门前池塘中呈现的就是那一派西湖景象。是我把西湖从杭州搬到燕园里来了。岂不大快人意也哉!前几年才搬到朗润园来的周一良先生赐名为"季荷"。我觉得很有趣,又非常感激。难道我这个人将以荷而传吗?

前年和去年,每当夏月塘荷盛开时,我每天至少有几次徘徊在塘边,坐在石头上,静静地吸吮荷花和荷叶的清香。"蝉噪林逾静,鸟鸣山更幽",我确实觉得四周静得很。我在一片寂静中,默默地坐在那里,水面上看到的是荷花的绿肥、红肥。倒影映入水中,风乍起,一片莲瓣堕入水中,它从上面向下落,水中的倒影却是从下边向上落,最后一接触到水面,二者合为一,像小船似的漂在那里。我曾在某一本诗话上读到两句诗:"池花对影落,沙鸟带声飞。"作者深惜第二句对仗不工。这也难怪,像"池花对影落"这样的境界究竟有几个人能参悟透呢?

晚上,我们一家人也常常坐在塘边石头上纳凉。有一夜,天空中的月亮又明又亮,把一片银光洒在荷花上。我忽听扑通一声。是我的小白波斯猫毛毛扑入水中,它大概是认为水中有白玉盘,想扑上去抓住。它一入水,大概就觉得不对头,连忙矫捷地回到岸上,把月亮的倒影打得支离破碎,好久才恢复了原形。

今年[1]夏天,天气异常闷热,而荷花则开得特欢。绿盖擎天,红花映日,把一个不算小的池塘塞得满而又满,几乎连水面都看不到了。一个喜爱荷花的邻居,天天兴致勃勃地数荷花的朵数。今天告诉我,有四五百朵;明天又告诉我,有六七百朵。但是,我虽然知道他为人细致,却不相信他真能数出确实的朵数。在荷叶底下,石头缝里,旮旮旯旯,不知还隐藏着多少菁葵,都是在岸边难以看到的。粗略估计,今年开了将近一千朵。真可以算是洋洋大观了。

连日来,天气突然变寒。好像是一下子从夏天转入秋天。池塘里的荷叶虽然仍然是绿油油一片,但是看来变成残荷之日也不

---

[1] 此处指一九九七年。

会太远了。再过一两个月,池水一结冰,连残荷也将消逝得无影无踪。那时荷花大概会在冰下冬眠,做着春天的梦。它们的梦一定能够圆的。"既然冬天到了,春天还会远吗?"

我为我的"季荷"祝福。

一九九七年九月十六日中秋节

月是故乡明

每个人都有个故乡，人人的故乡都有个月亮，人人都爱自己故乡的月亮。事情大概就是这个样子。

但是，如果只有孤零零一个月亮，未免显得有点孤单。因此，在中国古代诗文中，月亮总有什么东西当陪衬，最多的是山和水，什么"山高月小""三潭印月"，等等，不可胜数。

我的故乡在山东西北部大平原上。我小时候从来没有见过山，也不知山为何物。我曾幻想，山大概是一个圆而粗的柱子吧，顶天立地，好不威风。以后到了济南，才见到山，恍然大悟：山原来是这个样子呀。因此我在故乡里望月，从来不同山联系。像苏东坡说的"月出于东山之上，徘徊于斗牛之间"，完全是我无法想象的。

至于水，我的故乡小村却大大地有。几个大苇坑占了小村面积一多半。在我这个小孩子眼中，虽不能像洞庭湖"八月湖水平"那样有气派，但也颇有一点烟波浩渺之势。到了夏天，黄昏以后，我在坑边的场院里躺在地上，数天上的星星。有时候在古柳下面点起篝火，然后上树一摇，成群的知了飞落下来，比白天用嚼烂的麦粒去粘要容易得多。我天天晚上乐此不疲，天天盼望黄昏早早来临。

到了更晚的时候，我走到坑边，抬头看到晴空一轮明月，清光四溢，与水里的那个月亮相映成趣。我当时虽然还不懂什么叫诗兴，但也顾而乐之，心中油然有什么东西在萌动。有时候在坑边玩很久，才回家睡觉。在梦中见到两个月亮叠在一起，清光更加晶莹澄澈。第二天一早起来，到坑边苇子丛里去捡鸭子下的蛋。白白地一闪光，手伸向水中，一摸就是一个蛋。此时更是乐不可支了。

我只在故乡待了六年，以后就离乡背井，漂泊天涯。在济南住了十多年，在北京度过四年，又回到济南待了一年。然后在欧洲住了近十一年，重又回到北京，到现在已经四十多年了。在这期间，我曾到过世界上将近三十个国家，我看过许许多多月亮。在风光旖旎的瑞士莱芒湖上，在平沙无垠的非洲大沙漠中，在碧波万顷的大海中，在巍峨雄奇的高山上，我都看到过月亮，这些月亮应该说都是美妙绝伦的，我都异常喜欢。但是，看到它们，我立刻就想到我故乡中那个苇坑上面和水中的那个小月亮。对比之下，无论如何我也感到，这些广阔世界的大月亮，万万比不上我那心爱的小月亮。不管我离开故乡多少万里，我的心立刻就飞来了。我的小月亮，我永远忘不掉你！

我现在年近耄耋。住的朗润园是燕园胜地。夸大一点说，此地有茂林修竹，绿水环流，还有几座土山，点缀其间，风光无疑是绝妙的。前几年，我从庐山休养回来，一个同在庐山休养的老朋友来看我。他看到这样的风光，慨然说："你住在这样的好地方，还到庐山干吗呢！"可见朗润园给人印象之深。此地有山，有水，有树，有竹，有花，有鸟，每逢望夜，一轮当空，月光闪耀于碧波之上，上下空蒙，一碧数顷，而且荷香远溢，宿鸟幽鸣，真不能不说是赏月胜地。荷塘月色的奇景，就在我的窗外。不管是谁来到这里，难道还能不顾而乐之吗？

然而，每值这样的良辰美景，我想到的却仍然是故乡苇坑里的那个平凡的小月亮。见月思乡，已经成为我经常的经历。思乡之病，说不上是苦是乐，其中有追忆，有惆怅，有留恋，有惋惜。流光如逝，时不再来。在微苦中实有甜美在。月是故乡明。我什么时候能够再看到我故乡里的月亮呀！我怅望南天，心飞向故里。

一九八九年十一月三日

上海菜市场

上海尽有看不够数不清的高楼大厦，跑不完走不尽的大街小巷，满目琳琅的玻璃橱窗，车水马龙的繁华闹市；但是，我们的许多外国朋友却偏要去看一看早晨的菜市场。这是完全可以理解的。我们刚到上海的时候不是也想到菜市场上去看一看吗？

那还是几年前的一个早晨，在太阳刚刚升起来的时候，踏着熹微的晨光，到一个离开旅馆不远的菜市场去。

到了邻近菜市场的地方，市场的气氛就逐渐浓了起来。熙熙攘攘的人群，摩肩擦背，来来往往。许多老大娘的菜篮子里装满了蔬菜海味鸡鸭鱼肉。有的篮子里活鱼在摇摆着尾巴，肥鸡在咯咯地叫着。老大娘带着一脸笑意，满怀愉快，走回家去。

一走进菜市场，仿佛走进了另一个世界。这里面五光十色，令人眼花缭乱。但是，仔细一看，所有的东西却又都摆得整整齐

富春江上

记得在什么诗话上读到过两句诗:

到江吴地尽,隔岸越山多。

诗话的作者认为是警句,我也认为是警句。但是当时我却只能欣赏诗句的意境,而没有丝毫感性认识。不意我今天竟亲身来到了钱塘江畔富春江上。极目一望,江水平阔,浩渺如海;隔岸青螺数点,微痕一抹,出没于烟雨迷蒙中。"隔岸越山多"的意境我终于亲临目睹了。

钱塘、富春都是具有诱惑力的名字。实际的情况比名字更有诱惑力。我们坐在一艘游艇上。江水青碧,水声淙淙。艇上偶见白鸥飞过,远处则是点点风帆。黑色的小燕子在起伏翻腾的碎波上贴水面飞行,似乎是在努力寻觅着什么。我虽努力探究,但也只见它们忙忙碌碌,匆匆促促,最终也探究不出,它们究竟在寻觅什么。岸上则是点点的越山,飞也似的向艇后奔。一点消逝了,又出现了新的一点,数十里连绵不断。难道诗句中的"多"字表现的就是这个意境吗?

眼中看到的虽然是当前的景色,但心中想到的却是历史的人物。谁到了这个吴越分界的地方不会立刻就想到古代的吴王夫差和越王勾践的冲突呢?当年他们钩心斗角互相角逐的情景,今天我们已经无从想象了。但是乱箭齐发、金鼓轰鸣的搏斗总归是有的。这种鏖兵的情况无论如何同这样的青山绿水也不能协调起来。人世变幻,今古皆然。在人类前进的征途上,这些都是不可避免的。但青山绿水却将永在。我们今天大可不必庸人自扰,为古人担忧,还是欣赏眼前的美景吧!

但是,我的幻想却不肯停止下来,我心头的幻想,一下子又变成了眼前的幻象。我的耳边响起了诗僧苏曼殊的两句诗:

春雨楼头尺八箫,何时归看浙江潮。

这里不正是浙江钱塘潮的老家吗?我平生还没有看到浙江潮的福气。这两句诗我却是喜欢的,常常在无意中独自吟咏。今天来到钱塘江上,这两句诗仿佛是自己来到了我的耳边。耳边诗句

一响,眼前潮水就涌了起来:

> 怒声汹汹势悠悠,罗刹江边地欲浮。
> 漫道往来存大信,也知反覆向平流。
> 狂抛巨浸疑无底,猛过西陵似有头。
> 至竟朝昏谁主掌,好骑赪鲤问阳侯。

但是,幻象毕竟只是幻象。一转瞬间,"怒声汹汹"的江涛就消逝得无影无踪,眼前江水平阔,浩渺如海,隔岸青螺数点,微痕一抹,出没于烟雨迷蒙中。

可是竟完全出我意料:在平阔的水面上,在点点青螺上,竟又出现了一个人的影子。它飘浮飞驶,"翩若惊鸿,婉如游龙",时隐时现,若即若离,追逐着海鸥的翅膀,跟随着小燕子的身影,停留在风帆顶上,飘动在波光潋滟中。我真是又惊又喜。"胡为乎来哉?"难道因为这里是你的家乡才出来欢迎我吗?我想抓住它,这当然是不可能的。我想正眼仔细看它一看,这也是不可能的。但它又不肯离开我,我又不能不看它。这真使我又是兴奋,又是沮丧;又是希望它飞近一点,又是希望它离远一点。我在徒唤奈何中看到它飘浮飞动,定睛敛神,只看到青螺数点,微痕一抹,出没于烟雨迷蒙中。

我们这样到了富阳。这是我们今天艇游的终点。我们舍舟登陆,爬上了有名的鹳山。山虽不高,但形势极好。山上层楼叠阁,曲径通幽,花木扶疏,窗明几净。我们登上了春江第一楼,凭窗远望,富春江景色尽收眼底。因为高,点点风帆显得更小了,而水上的小燕子则小得无影无踪。想它们必然是仍然忙忙碌碌地在那里飞着,可惜我们一点也看不着,只能在这里想象了。山顶上树木参天,森然苍蔚。最使我吃惊的是参天的玉兰花树。碗大的白花在绿叶丛中探出头来,同北地的玉兰花一比,大小悬殊,颇使我这个北方人有点目瞪口呆了。

在山边上一座石壁下是名闻天下的严子陵钓台。宋朝大诗人苏东坡写的四个大字"登云钩月"赫然镌刻在石壁上。此地距江面相当远,钓鱼无论如何是钓不着的。遥想两千多年前,一个披着蓑衣的老头子,手持几十丈长的钓竿,垂着几十丈长的钓丝,孤零一个人,蹲在这石壁下,等候鱼儿上钩,一动也不动,宛如一个木雕泥塑。这样一幅景象,无论如何也难免有滑稽之感。古人说——姑妄言之姑妄听之。过分认真,反会大煞风景。难道宋朝的苏东坡就真正相信吗?此地自然风光,天下独绝,有此一个传说,更会增加自然风光的妩媚,我们就姑妄听之吧!

两年前,我曾畅游黄山。那里景色之奇丽瑰伟,使我大为惊叹。窃念大化造物,天造地设,独垂青于中华大地。我觉得生为一个中国人,是十分幸福的,是非常值得骄傲的。今天我又来到了富春江上。这里景色明丽,秀色天成,同样是美,但却与黄山形成了鲜明的对照。如果允许我借用一个现成的说法的话，那么一个是阳刚之美，一个是阴柔之美。刚柔不同，其美则一，同样使我惊叹。我们祖国大地，江山如此多娇，我的幸福之感，骄傲之感，便油然而生。我眼前的富春江在我眼中更增加了明丽，更增加了妩媚，仿佛是一条天上的神江了。

在这里，我忽然想到唐代诗人孟浩然的一首著名的诗《宿桐庐江寄广陵旧游》：

山暝听猿愁，沧江急夜流。
风鸣两岸叶，月照一孤舟。
建德非吾土，维扬忆旧游。
还将两行泪，遥寄海西头。

孟浩然说"建德非吾土"，在当时的情况下，这种心情是容易理解的。他忆念广陵，便觉得"建德非吾土"。到了今天，我们当然不会再有这样的感觉了，我觉得桐庐不但是"吾土"，而且是"吾土"中的精华。同黄山一样，有这样的"吾土"就是幸福的根源。非吾土的感觉我是有过的。但那是在国外，比如说瑞士。那里的山水也是十分神奇动人的，我曾为之颠倒过，迷惑过。但一想到"山川信美非吾土"，我就不禁有落寞之感。今天在富春江上，我丝毫也不会有什么落寞之感。正相反，我是越看越爱看,越爱看便越觉得幸福,在这风物如画的江上,我大有手舞足蹈之意了。

  我当然也还感到有点美中不足。我从小就背诵梁代大文学家吴均的一篇名作《与宋元思书》。这封信里描绘的正是富春江的风景:

  风烟俱净,天山共色。从流飘荡,任意东西。自富阳至桐庐,一百许里,奇山异水,天下独绝。

  上面就是对这"奇山异水"的描绘,那却是非常动人的。然而他讲的是"自富阳至桐庐",我今天刚刚到了富阳,便骤然而止。好像是一篇绝妙的文章,只读了一个开头。这难道不是天大的憾事吗?然而,这一件憾事也自有它的绝妙之处,妙在含蓄。我知道前面还有更奇丽的景色,偏偏今天就不让你看到。我望眼欲穿,向着桐庐的方向望去,根据吴均的描绘,再加上我自己的幻想,把那一百多里的奇山异水给自己描绘得如阆苑仙境,自己感到无比地快乐,我的心好像就在这些奇山异水上飞驰。等到我耳边听到有点嘈杂声,是同伴们准备回去的时候了。我抬眼四望,唯见青螺数点,微痕一抹,出没于烟雨迷蒙中。

一九八一年十二月九日

我爱北京的小胡同

我爱北京的小胡同,北京的小胡同也爱我,我们已经结下了永恒的缘分。

六十多年前,我到北京来考大学,就下榻于西单大木仓里面一条小胡同中的一个小公寓里。白天忙于到沙滩北大三院去应试。北大与清华各考三天,考得我焦头烂额,筋疲力尽;夜里回到公寓小屋中,还要忍受臭虫的围攻,特别可怕的是那些臭虫的空降部队,防不胜防。

但是,我们这一帮山东来的学生仍然能够苦中作乐。在黄昏时分,总要到西单一带去逛街。街灯并不辉煌,"无风三尺土,有雨一街泥",也会令人不快。我们却甘之若饴。耳听铿锵清脆、悠扬有致的京腔,如闻仙乐。此时鼻管里会蓦然涌入一股幽香,是从路旁小花摊上的栀子花和茉莉花那里散发出来的。回到公寓，又能听到小胡同中的叫卖声："驴肉！驴肉！""王致和的臭豆腐！"其声悠扬、深邃，还含有一点凄清之意。这声音把我送入梦中，送到与臭虫搏斗的战场上。

将近五十年前，我在欧洲待了十多年以后，又回到了故都。这一次是住在东城的一条小胡同里：翠花胡同，与南面的东厂胡同为邻。我住的地方后门在翠花胡同，前门则在东厂胡同，据说是明朝的特务机关东厂所在地，是折磨、囚禁、拷打、杀害所谓"犯人"的地方。冤死之人极多，他们的鬼魂据说常出来显灵。我是不相信什么鬼怪的，我感兴趣的不是什么鬼怪显灵，而是这一所大房子本身。它地跨两条胡同，其大可知。里面重楼复阁，四廊盘曲，院落错落，花园重叠，一个陌生人走进去，必然是如入迷宫，不辨东西。

然而，这样复杂的内容，无论是从前面的东厂胡同，还是从后面的翠花胡同，都是看不出来的。外面十分简单，里面十分复杂；外面十分平凡，里面十分神奇。这是北京许多小胡同共有的特点。

据说当年黎元洪大总统在这里住过。我住在这里的时候，北大校长胡适住在黎住过的房子中。我住的这个地方仅仅是这个院子的一个旮旯，在西北角上。但是这个旮旯并不小，是一个三进的院子，我第一次体会到"庭院深深深几许"的意境。我住在最深一层院子的东房中，院子里摆满了汉代的砖棺。这里本来就是北京的一所"凶宅",再加上这些棺材,黄昏时分,总会让人感觉到鬼影幢幢,毛骨悚然。所以很少有人敢在晚上来拜访我。我每日"与鬼为邻",倒也过得很安静。

第二进院子里有很多树木,我最初没有注意是什么树。有一个夏日的晚上,刚下过一阵雨,我走在树下,忽然闻到一股幽香。原来这些是马缨花树,树上正开着繁花,幽香就是从这里散发出来的。这一下子让我回忆起十几年前西单的栀子花和茉莉花的香气。当时我是一个十九岁的大孩子,现在成了中年人。相距近二十年的两个我,忽然融合到一起来了。

不管是六十多年,还是五十年,都成为过去了。现在北京的面貌天天在改变,层楼摩天,国道宽敞。然而那些可爱的小胡同,却日渐消逝,被摩天大楼吞噬掉了。看来在现实中小胡同的命运和地位都要日趋消沉,这是不可抵御的,也不一定就算是坏事。可是我仍然执着地关心我的小胡同。就让它们在我的心中占一个地位吧,永远,永远。

我爱北京的小胡同,北京的小胡同也爱我。

一九九三年十月二十五日

神奇的丝瓜

今年[1]春天，孩子们在房前空地上，斩草挖土，开辟出来了一个一丈见方的小花园。周围用竹竿扎了一个篱笆，移来了一棵玉兰花树，栽上了几株月季花，又在竹篱下面随意种上了几棵扁豆和两棵丝瓜。土壤并不肥沃，虽然也铺上了一层河泥，但估计不会起很大的作用，大家不过是玩玩而已。

过了不久，丝瓜竟然长了出来，而且日益茁壮、长大。这当然增加了我们的兴趣。但是我们也并没有过高的期望。我自己每天早晨工作疲倦了，常到屋旁的小土山上走一走，站一站，看看墙外马路上的车水马龙和亚运会招展的彩旗，顾而乐之，只不过顺便看一看丝瓜罢了。

---

[1] 此处指一九九〇年。

丝瓜是普通的植物,我也并没有想到会有什么神奇之处。可是忽然有一天,我发现丝瓜秧爬出了篱笆,爬上了楼墙。以后,每天看丝瓜,总比前一天向楼上爬了一大段;最后竟从一楼爬上了二楼,又从二楼爬上了三楼。说它每天长出半尺,绝非夸大之词。丝瓜的秧不过像细绳一般粗。如不注意,连它的根在什么地方,都找不到。这样细的一根秧竟能在一夜之间输送这样多的水分和养料,供应前方,使得上面的叶子长得又肥又绿,爬在灰白色的墙上,一片浓绿,给土墙增添了无限活力与生机。

这当然让我感到很惊奇,我的兴趣随之大大地提高。每天早晨看丝瓜成了我的主要任务,爬小山反而成为次要的了。我往往注视着细细的瓜秧和浓绿的瓜叶,陷入沉思,想得很远,很远……

又过了几天,丝瓜开出了黄花。再过几天,有的黄花就变成了小小的绿色的瓜。瓜越长越长,越长越大,重量当然也越来越增加,最初长出的那一个小瓜竟把瓜秧坠下来了一点,直挺挺地悬垂在空中,随风摇摆。我真是替它担心,生怕它经不住这一份重量,会整个地从楼上坠了下来落到地上。

然而不久就证明了,我这种担心是多余的。最初长出来的瓜不再长大,仿佛得到命令停止了生长。在上面,在三楼一位一百零二岁的老太太的窗台上,却长出来了两个瓜。这两个瓜后来居上,发疯似的猛长,不久就长成了小孩胳膊一般粗了。这两个瓜加起来恐怕有五六斤重,那一根细秧怎么能承担得住呢?我又担心起来。没过几天,事实又证明了我是杞人忧天。两个瓜不知从什么时候忽然弯了起来,把躯体放在老太太的窗台上,从下面看上去,活像两个粗大弯曲的绿色牛角。

不知道从哪一天起,我忽然又发现,在两个大瓜的下面,在二三楼之间,在一根细秧的顶端,又长出来了一个瓜,垂直地悬在那里。我又犯了担心病:这个瓜上面够不到窗台,下面也是空空的。总有一天,它越长越大,会把上面的两个大瓜也坠下来,一起坠到地上,落叶归根,同它的根部聚合在一起。然而今天早晨,我却看到了奇迹。同往日一样,我习惯地抬头看瓜:下面最小的那一个早已停止生长,孤零零地悬在空中,似乎一点分量都没有;上面老太太窗台上那两个大的似乎长得更大了,威武雄壮地压在窗台上;中间的那一个却不见了。我看看地上,没有看到掉下来的瓜。等我倒退几步抬头再看时,却看到那一个我认为失踪了的瓜,平着身子躺在抗震加固时筑上的紧靠楼墙突出的一个台子上。这真让我大吃一惊。这样一个原来垂直悬在空中的瓜怎么忽然平身躺在那里了呢?这个突出的台子无论是从上面还是从下面都是无法上去的,绝不会有人把丝瓜摆平的。

我百思不得其解,徘徊在丝瓜下面,像达摩老祖一样,面壁参禅。我仿佛觉得这个丝瓜有了思想,它能考虑问题,而且还有行动,它能让无法承担重量的瓜停止生长;它能给处在有利地形的大瓜找到承担重量的地方，给这样的瓜特殊待遇，让它们疯狂地长；它能让悬垂的瓜平身躺下。如果不是这样的话，无论如何也无法解释我上面谈到的现象。但是，如果真是这样的话，又实在令人难以置信。丝瓜用什么来思想呢？丝瓜靠什么来指导自己的行动呢？上下数千年，纵横几万里，从来也没有人说过，丝瓜会有思想。我左考虑，右考虑，越考虑越糊涂。我无法同丝瓜对话，这是一个沉默的奇迹。瓜秧仿佛成了一根神秘的绳子，绿叶子照旧浓翠扑人眉宇。我站在丝瓜下面，陷入梦幻。而丝瓜则似乎心中有数，无言静观，它怡然泰然悠然坦然，仿佛含笑面对秋阳。

一九九〇年十月九日

南国桃园

我们在佛山仅仅停留了两天,但是我们却两过南国桃园,我与桃园可谓缘分不浅。我在这里又立了专章写南国桃园,有人可能认为我对桃园应该十分熟悉,了如指掌。可是事实却是,我对桃园了解极少,不知桃园究竟是个什么样子。

第一天下午,我们参观了几个地方以后,来到了南国桃园,目的是看里面的动物园。这里的动物园同北京的不一样,在北京动物园的动物,特别是老虎和狮子一类的凶恶的家伙,被关在铁栏杆里面,人们在外面自由自在地观赏。而在这里则正相反,凶猛的动物自由自在地窜跃在林莽中,人却被囚在汽车里,隔着车窗观赏动物,实际上人反而成了动物观赏的对象。这情景很多年前我曾在印度海得拉巴经历过一次。是一座养着一头雄狮和七八头雌狮的广袤的山林。我们的汽车走近狮群时,狮子们懒洋洋地躺在树荫里，对我们露出不屑一顾的样子，煞是有趣。我在那里第一次，也是最后一次，亲手摸了老虎的屁股，一只猛虎被诱进一只铁笼子里，空间仅够老虎转身之用。当老虎的屁股转到我们眼前时，园长把手伸进铁栏杆，拍了拍老虎的屁股，给我们示范，为我们打气。我战战兢兢地把手伸进去，拍了拍老虎的屁股，窘态可掬，至今历历如在目前。

今天我们来到佛山的南国桃园，听说里面也有这样一座动物园，我这个有过经验的人喜出望外，很想看上一看，重温一下摸老虎屁股的旧梦；其余没有我这种经验的人，当然更是急不可待。可是，我们失望了，据说时间已逼近下午四时，是停止入园的时候了。我们都回天无力，怏怏离去。

第二天，我们在上午游览了太平天国城，中午时分，又经过了南国桃园，这一次不过是假道而已，本来没有抱有什么希望。可是，当我们的车行驶在一片大湖的岸边时，湖的对岸有山峰数座，蓊郁的碧树从山下湖边一直长到山巅，除了绿色以外，看不到任何杂色。奇怪的是，树上竟开满了白色的花朵，极大极白。这立刻引起了我的兴趣，却忽然又见几朵白色竟飞了起来，从一丛绿树飞向另外一丛。即使是飞了起来，我看起来依然是白色的花朵。别人告诉我，这是白鹭，夜里栖息在树上，白天飞到湖上去觅食鱼虾。中午时分是很难见到的。难道白鹭们是为了欢迎我们才在中午飞还的吗？我立即想起了唐诗：

西塞山前白鹭飞,

桃花流水鳜鱼肥。

这里不是西塞山,只有流水,不见桃花,水里是否有鳜鱼,不得而知。然而白鹭确实飞了。一千多年前诗人笔下的奇景,我竟于无意中见之,不亦快哉!

马缨花

曾经有很长的一段时间,我孤零零一个人住在一个很深的大院子里。从外面走进去,越走越静,自己的脚步声越听越清楚,仿佛从闹市走向深山。等到脚步声成为空谷足音的时候,我住的地方就到了。

院子不小,都是方砖铺地,三面有走廊。天井里遮满了树枝,走到下面,浓荫匝地,清凉蔽体。从房子的气势来看,从梁柱的粗细来看,依稀还可以看出当年的富贵气象。

这富贵气象是有来源的。在几百年前,这里曾经是明朝的东厂。不知道有多少忧国忧民的志士曾在这里被囚禁过,也不知道有多少人在这里受过苦刑,甚至丧掉性命。据说当年的水牢现在还有迹可寻哩。

等到我住进去的时候,富贵气象早已成为陈迹,但是阴森凄苦的气氛却原封未动。再加上走廊上陈列的那一些汉代的石棺石椁，古代的刻着篆字和隶字的石碑，我一走回这个院子里，就仿佛进入了古墓。这样的环境，这样的气氛，把我的记忆提到几千年前去，有时候我简直就像是生活在历史里，自己俨然成为古人了。

这样的气氛同我当时的心情是相适应的，我一向又不相信有什么鬼神，所以我住在这里，也还处之泰然。

但是也有紧张不泰然的时候。往往在半夜里，我突然听到推门的声音，声音很大，很强烈。我不得不起来看一看。那时候经常停电，我只能在黑暗中摸索着爬起来，摸索着找门，摸索着走出去。院子里一片浓黑，什么东西也看不见，连树影子也仿佛同黑暗粘在一起，一点都分辨不出来。我只听到大香椿树上有一阵窸窸窣窣的声音，然后咪噢的一声，有两只小电灯似的眼睛从树枝深处对着我闪闪发光。

这样一个地方，对我那些经常来往的朋友们来说，是不会引起什么好感的。有几位在白天还有兴致来找我谈谈，他们很怕在黄昏时分走进这个院子。万一有事，不得不来，也一定在大门口向工友再三打听，我是否真在家里，然后才有勇气，跋涉过那一个长长的胡同，走过深深的院子，来到我的屋里。有一次，我出门去了，看门的工友没有看见，一位朋友走到我住的那个院子里。在黄昏的微光中，只见一地树影，满院石棺，我那小窗上却没有灯光。他的腿立刻抖了起来，费了好大力量，才拖着它们走了出去。第二天我们见面时，谈到这点经历，两人相对大笑。

我是不是也有孤寂之感呢？应该说是有的。当时正是"万家墨面没蒿莱"的时代，北京城一片黑暗。白天在学校里的时候，同青年同学在一起，从他们那蓬蓬勃勃的斗争意志和生命活力里，还可以汲取一些力量和快乐，精神十分振奋。但是，一到晚上，当我孤零零一个人走回这个所谓的家的时候，我仿佛遗世而独立。没有人声，没有电灯，没有一点活气。在煤油灯的微光中，我只看到自己那高得、大得、黑得惊人的身影在四面的墙壁上晃动，仿佛是有个巨灵来到我的屋内。寂寞像毒蛇似的偷偷地袭来，折磨着我，使我无所逃于天地之间。

在这样无可奈何的时候，有一天，在傍晚的时候，我从外面一走进那个院子，蓦地闻到一股似浓似淡的香气。我抬头一看，原来是遮满院子的马缨花开花了。在这以前，我知道这些树上都是马缨花，但是我却没有十分注意它们。今天它们用自己的香气告诉了我它们的存在。这对我似乎是一件新事。我不由得就站在树下，仰头观望：细碎的叶子密密地搭成了一座天棚，天棚上面是一层粉红色的细丝般的花瓣，远处望去，就像是绿云层上浮上了一团团的红雾。香气就是从这一片绿云里洒下来的，洒满了整个院子，洒满了我的全身，使我仿佛游泳在香海里。

花开也是常有的事，开花有香气更是司空见惯。但是，在这样一个时候，这样一个地方，有这样的花，有这样的香，我就觉得很不寻常；有花香慰我寂寥，我甚至有一些近乎感激的心情了。

从此，我就爱上了马缨花，把它当成了自己的知心朋友。

北京终于解放了。一九四九年的十月一日给全中国带来了光明与希望，给全世界带来了光明与希望。这一个具有重大意义的日子在我的生命里划上了一道鸿沟，我仿佛重新获得了生命。可惜不久我就搬出了那个院子，同那些可爱的马缨花告别了。

时间也过得真快，到现在，才一转眼的工夫，已经过去了十三年。这十三年是我生命史上最重要、最充实、最有意义的十三年。我看了许多新东西，学习了很多新东西，走了很多新地方。我当然也看了很多奇花异草。我曾在印度半岛最南端科摩林海角看到高凌霄汉的巨树上开着大朵的红花，我曾在缅甸的避暑胜地东枝看到开满了小花园的火红照眼的不知名的花朵，我也曾在塔什干看到长得像小树般的玫瑰花。这些花都是异常美妙动人的。

然而使我深深地怀念的却仍然是那些平凡的马缨花，我是多么想见到它们呀！

最近几年来，北京的马缨花似乎多起来了。在公园里，在马路旁边，在大旅馆的前面，在草坪里，都可以看到新栽种的马缨花。细碎的叶子密密地搭成了一座座的天棚，天棚上面是一层粉红色的细丝般的花瓣。远处望去,就像是绿云层上浮上了一团团的红雾。这绿云红雾飘满了北京,衬上红墙、黄瓦,给人民的首都增添了绚丽与芬芳。

我十分高兴,我仿佛是见了久别重逢的老友。但是,我却隐隐约约地感觉到,这些马缨花同我回忆中的那些很不相同。叶子仍然是那样的叶子,花也仍然是那样的花,在短短的十几年以内,它绝不会变了种。它们不同之处究竟何在呢?

我最初确实是有些困惑,左思右想,只是无法解释。后来,我扩大了我回忆的范围,不把回忆死死地拴在马缨花上面,而是把当时所有同我有关的事物都包括在里面。不管我是怎样喜欢院子里那些马缨花,不管我是怎样爱回忆它们,回忆的范围一扩大,同它们联系在一起的不是黄昏,就是夜雨,否则就是迷离凄苦的梦境。我好像在那些可爱的马缨花上面从来没有见到哪怕是一点点阳光。

然而,今天摆在我眼前的这些马缨花,却仿佛总是在光天化日之下。即使是在黄昏时候,在深夜里,我看到它们,它们也仿佛是生气勃勃,同浴在阳光里一样。它们仿佛想同灯光竞赛,同明月争辉。同我回忆里那些马缨花比起来,一个是照相的底片,一个是洗好的照片;一个是影,一个是光。影中的马缨花也许是值得留恋的,但是光中的马缨花不是更可爱吗?

我从此就爱上了这光中的马缨花,而且我也爱藏在我心中的这一个光与影的对比。它能告诉我很多事情，带给我无穷无尽的力量，送给我无限的温暖与幸福，它也能促使我前进。我愿意马缨花永远在这光中含笑怒放。

一九六二年

辑四

种自己的花，
爱自己的宇宙

一个人一生是什么样子，年轻时怎样，中年怎样，老年又怎样，都应该如实地表达出来。

做人与处世

一个人活在世界上，必须处理好三个关系：第一，人与大自然的关系；第二，人与人的关系，包括家庭关系在内；第三，个人心中思想与感情矛盾与平衡的关系。这三个关系，如果能处理得好，生活就能愉快；否则，生活就有苦恼。

人本来也是属于大自然范畴的。但是，人自从变成了"万物之灵"以后，就同大自然闹起独立来，有时竟成了大自然的对立面。人类的衣食住行所有的资料都取自大自然，我们向大自然索取是不可避免的。关键是怎样去索取。索取手段不出两途：一用和平手段，一用强制手段。我个人认为，东西文化之分野，就在这里。西方对待大自然的基本态度或指导思想是"征服自然"，用一句现成的套话来说，就是用处理敌我矛盾的方法来处理人与大自然的关系。结果呢，从表面上看上去，西方人是胜利了，大自然真的被他们征服了。自从西方产业革命以后，西方人屡创奇迹。楼上楼下，电灯电话。大至宇宙飞船，小至原子，无一不出自西方"征服者"之手。

然而，大自然的容忍是有限度的，它是能报复的，它是能惩罚的。报复或惩罚的结果，人皆见之，比如环境污染，生态失衡，臭氧层出洞，物种灭绝，人口爆炸，淡水资源匮乏，新疾病产生，如此等等，不一而足。这些弊端中哪一项不解决都能影响人类生存的前途。我并非危言耸听，现在全世界人民和政府都高呼环保，并采取措施。古人说："失之东隅，收之桑榆。"犹未为晚。

中国或者东方对待大自然的态度或哲学基础是"天人合一"。宋人张载说得最简明扼要："民吾同胞，物吾与也。""与"的意思是伙伴。我们把大自然看作伙伴，可惜我们的行为没能跟上。在某种程度上，也采取了"征服自然"的办法，结果也受到了大自然的报复，前不久南北的大洪水不是很能发人深省吗？

至于人与人的关系，我的想法是：对待一切善良的人，不管是家属，还是朋友，都应该有一个两字箴言：一曰真，二曰忍。真者，以真情实意相待，不允许弄虚作假。对待坏人，则另当别论。忍者，相互容忍也。日子久了，难免有点磕磕碰碰。在这时候，头脑清醒的一方应该能够容忍。如果双方都不冷静，必致因小失大,后果不堪设想。唐朝张公艺的"百忍"是历史上有名的例子。

至于个人心中思想感情的矛盾,则多半起于私心杂念。解之之方,唯有消灭私心,学习诸葛亮的"淡泊以明志,宁静以致远",庶几近之。

一九九八年十一月十七日

我的座右铭

多少年以来，我的座右铭一直是：

纵浪大化中，不喜亦不惧。
应尽便须尽，无复独多虑。

老老实实的、朴朴素素的四句陶诗，几乎用不着任何解释。

我是怎样实行这个座右铭的呢？无非是顺其自然，随遇而安而已，没有什么奇招。

"应尽便须尽，无复独多虑。"（到了应该死的时候，你就去死，用不着左思右想）这句话应该是关键性的。但是在我几十年的风华正茂的期间内，"尽"什么的是很难想到的。在这期间，我当然既走过阳关大道，也走过独木小桥。即使在走独木桥时，好像路上铺的全是玫瑰花，没有荆棘。这与"尽"的距离太远太远了。

到了现在，自己已经九十多岁了。离人生的尽头，不会太远了。我在这时候，根据座右铭的精神，处之泰然，随遇而安。我认为，这是唯一正确的态度。

我不是医生，我想贸然提出一个想法。所谓老年忧郁症恐怕十有八九同我上面提出的看法有关，怎样治疗这种病症呢？我本来想用"无可奉告"来答复。但是，这未免太简慢，于是改写一首打油诗，题曰"无题"：

人生在世一百年，天天有些小麻烦，
最好办法是不理，只等秋风过耳边。

一九九七年

谦虚与虚伪

在伦理道德的范畴中，谦虚一向被认为是美德，应该扬。而虚伪则一向被认为是恶习，应该抑。

然而，究其实际，二者间有时并非泾渭分明，其区别间不容发。谦虚稍一过头，就会成为虚伪。我想，每个人都会有这种体会的。

在世界文明古国中，中国是提倡谦虚最早的国家。在中国最古的经典之一的《尚书·大禹谟》中就已经有了"满招损，谦受益，时（是）乃天道"这样的教导，把自满与谦虚提高到"天道"的水平，可谓高矣。从那以后，历代的圣贤无不推崇谦虚，贬抑自满。一直到今天，我们常用的词汇中仍然有一大批与"谦"字有联系的词，比如"谦卑""谦恭""谦和""谦谦君子""谦让""谦顺""谦虚""谦逊"等，可见"谦"字之深入人心，久而愈彰。

我认为，我们应当提倡真诚的谦虚，而避免虚伪的谦虚，后者与虚伪间不容发矣。

可是在这里我们就遇到了一个拦路虎：什么叫"真诚的谦虚"呢？什么又叫"虚伪的谦虚"？两者之间并非泾渭分明，简直可以说是因人而异，因地而异，因时而异，掌握一个正确的分寸难于上青天。

最突出的是因地而异，"地"指的首先是东方和西方。在东方，比如说中国和日本，提到自己的文章或著作，必须说是"拙作"或"拙文"。在西方各国语言中是找不到相当的词的。尤有甚者，甚至可能产生误会。中国人请客，发请柬必须说"洁治菲酌"，不了解东方习惯的西方人就会满腹疑团：为什么单单用"不丰盛的宴席"来请客呢？日本人送人礼品，往往写上"粗品"二字，西方人又会问：为什么不用"精品"来送人呢？在西方，对老师，对朋友，必须说真话，会多少，就说多少。如果你说，这个只会一点点，那个只会一星星，他们就会信以为真，在东方则不会。这有时会很危险的。至于吹牛之流，则为东西方同样所不齿，不在话下。

可是怎样掌握这个分寸呢？我认为，在这里，真诚是第一标准。虚怀若谷，如果是真诚的话，它会促你永远学习，永远进步。有的人永远"自我感觉良好"，这种人往往不能进步。康有为是一个著名的例子。他自称，年届而立，天下学问无不掌握。结果说康有为是一个革新家则可，说他是一个学问家则不可。较之乾嘉诸大师，甚至清末民初诸大师，包括他的弟子梁启超在内，他在学术上是没有建树的。

总之，谦虚是美德，但必须掌握分寸，注意东西。在东方谦虚涵盖的范围广，不能施之于西方，此不可不注意者。然而，不管东方或西方，必须出之以真诚。有意的过分的谦虚就等于虚伪。

一九九八年十月三日

时间

一抬头，就看到书桌上座钟的秒针在一跳一跳地向前走动。它那里一跳，我的心就一跳。孔子说："逝者如斯夫，不舍昼夜！"这里指的是水。水永远不停地流逝，让孔夫子吃惊兴叹。我的心跳，跳的是时间。水是能看得见，摸得着的。时间却看不见，摸不着，它的流逝你感觉不到，然而确实是在流逝。现在我眼前摆上了座钟，它的秒针一跳一跳，让我再清楚不过地看到了时间的流逝，焉能不心跳？焉能不兴叹呢？

远古的人大概是很幸福的。他们日出而作，日入而息，根据太阳的出没来规定自己的活动。即使能感到时间的流逝，也只在依稀隐约之间。后来，他们聪明了，根据太阳光和阴影的推移，把时间称作光阴。再后来，人们的聪明才智更提高了，用铜壶滴漏的办法来显示和测定时间的推移，这是用人工来抓住看不见摸不着的时间的尝试。到了近几百年，人类发明了钟表，把时间的存在与流逝清清楚楚地摆在每一个人的面前。这是人类文明进步的表现。但是，正如人们常说的那样，"有一利必有一弊"，人类成了时间的奴隶，成了手表的奴隶。现在各种各样的会极多，开会必须规定时间，几点几分，不能任意伸缩。如果参加重要的会而路上偏偏赶上堵车，任你怎样焦急，怎样频频看手表，都是白搭。这不是典型的时间的奴隶又是什么呢？然而，话又说了回来，在今天头绪纷纭杂乱有章的社会里，开会不定时间，还像古人那样"日出而作，日入而息"，悠哉游哉，顺帝之则，今天的社会还能运转吗？不管你愿意不愿意，成为时间的奴隶就正是文明的表现。

　　不管你意识到还是没有意识到，大自然还是把虚无缥缈的时间用具体的东西暗示给了人们。比如用日出日落标志出一天，用月亮的圆缺标志出一月，用四季（在印度是六季或者两季）标志出一年。农民最关心这些问题，一年二十四个节气对他们种庄稼有重要意义。在自然科学家和哲学家眼中，时间具有另外的意义。他们说，大千世界，人类万物，都生长在时间和空间内，而时间是无头无尾的，空间是无边无际的。我既不是自然科学家，也不是哲学家，对无头无尾和无边无际实在难以理解。可是不这样又能怎样呢？如果时间有了头尾，头以前尾以后又是什么呢？因此，难以理解也只得理解，此外更没有其他途径。

生与死也属于时间范畴。一般人总是把生与死绝对对立起来。但是，中国古代的道家却主张"万物方生方死"，把生与死辩证地联系在一起，而且准确无误地道出了生即是死的关系。随着座钟秒针的一跳，我自己就长了无法用言语表达出来的那么一点点。同时也就是向着死亡走近了那么一点点。不但我是这样，现在正是初夏，窗外的玉兰花、垂柳和深埋在清塘里的荷花，也都长了那么一点点。不久前还是冰封的湖水，现在是"风乍起，吹皱一池夏水"，波光潋滟，水色接天。岸上的垂杨，从光秃秃的枝条上逐渐长出了小叶片，一转瞬间，出现了一片鹅黄；再一转瞬，就是一片嫩绿，现在则是接近浓绿了。小山上原来是一片枯草，"一夜东风送春暖，满山开遍二月兰"。今年[1]是二月兰的大年，山上地下，只要有空隙，二月兰必然出现在那里，座钟的秒针再跳上多少万次，二月兰即将枯萎，也就是走向暂时的死亡了。所有这些东西，都是方生方死。这是自然的规律，不可逆转的。

印度人是聪明的，他们把时间和死亡视为一物。梵文hla，既是"时间"，又是"死亡或死神"。《罗摩衍那》的主人公罗摩，在活了极长的时间以后，hla走上门来，这表示他就要死亡了。罗摩泰然处之，既不"饮恨"，也不"吞声"。他知道这是

---

[1] 此处指二〇〇二年。

自然规律，人类是无能为力的。我们今天知道，不但人类是这样，世界上万事万物都有始有终，无一例外。"顺其自然"是最好的办法。我在这里顺便说一下。在梵文里，动词"死"的字根是mn；但是此字不用manati来表示现在时，而是用被动式mniyati（ti），这表示，印度人认为"死"是被动的，主动自杀者究属少数。

同印度人比较起来，中国人大概希望争取长生。越是有钱有势的人越希望活下去，在旧社会里生活在水深火热中的小百姓，决不会愿意长远活下去的。而富有天下的天子则热切希望长生。中国历史上几位有名的英主，莫不如此。秦始皇和汉武帝都寻求不死之药或者仙丹什么的。连唐太宗都是服用了印度婆罗门的"仙药"而中毒身亡。老百姓书呆子中也有寻求肉身升天的，而且连鸡犬都带了上去。我这个木头脑袋瓜真想也想不通。如果真有那么一个"天"的话，人数也不会太多。升到那里去干些什么呢？那里不会有官僚衙门，想走后门靠贿赂来谋求升官，没有这个可能。那里也不会有什么市场，什么WTO，想发财也英雄无用武之地。想打麻将，唱卡拉OK，唱几天，打几天，还是会有兴趣的，但让你一月月一年年永远打下去，你受得了吗？养鸡喂狗，永远喂下去，你也受不了。"不为无益之事，何以遣有涯之生！"无益之事天上没有。在天上待长了，你一定会自杀的。苏东坡说"起舞弄清影，何似在人间！"是有见地之言。我们还是老老实实待在人间吧。

  要待在人间，就必须受时间的制约。在时间面前，人人平等。如果想不通我在上面说的那一些并不深奥的道理，时间就变成了枷锁，让你处处感到不舒服。但是，如果真想通了，则戴着枷锁跳舞反而更能增加一些意想不到的兴趣。我自认是想通了。现在照样一抬头就看到书桌上座钟的秒针一跳一跳地向前走动，但是我的心却不跳了。我觉得这是时间给我提醒，让我知道时间的价值。"一寸光阴不可轻"，朱子这一句诗对我这个年过九十的老头也是适用的。

二〇〇二年三月三十一日

忘

记得曾在什么地方听过一个笑话：一个人善忘。一天，他到野外去出恭。任务完成后，却找不到自己的腰带了。出了一身汗，好歹找到了，大喜过望，说道："今天运气真不错，平白无故地捡了一条腰带！"一转身，不小心，脚踩到了自己刚才拉出来的屎堆上，于是勃然大怒："这是哪一条混账狗在这里拉了一泡屎？"

这本来是一个笑话，在我们现实生活中，未必会有的。但是，人一老，就容易忘事糊涂，却是经常见到的事。

我认识一位著名的画家，本来是并不糊涂的。但是，年过八旬以后，却慢慢地忘事糊涂起来。我们将近半个世纪以前就认识了，颇能谈得来，而且平常也还是有些接触的。然而，最近几年来，每次见面，他都会把我的尊姓大名完全忘了。从眼镜后面流出来的淳朴宽厚的目光，落到我的脸上，其中饱含着疑惑的神气。我连忙说："我是季羡林，是北京大学的。"他点头称是。但是，过了没有五分钟，他又问我："你是谁呀？"我敬谨回答如上。在每一次会面中，尽管时间不长，这样尴尬的局面总会出现几次。我心里想：老友确是老了！

有一年，我们邂逅在香港。一位有名的企业家设盛筵，宴嘉宾。香港著名的人物参加者为数颇多，比如饶宗颐、邵逸夫、杨振宁等先生都在其中。宽敞典雅、雍容华贵的宴会厅里，一时珠光宝气，璀璨生辉，可谓极一时之盛。至于菜肴之精美，服务之周到，自然更不在话下了。我同这一位画家老友都是主宾，被安排在主人座旁。但是正当觥筹交错、逸兴遄飞之际，他忽然站了起来，转身要走，他大概认为宴会已经结束，到了拜拜的时候了。众人愕然，他夫人深知内情，赶快起身，把他拦住，又拉回到座位上，避免了一场尴尬的局面。

前几年，中国敦煌吐鲁番学会在富丽堂皇的北京图书馆的大报告厅里举行年会。我这位画家老友是敦煌学界的元老之一，获得了普遍的尊敬。按照中国现行的礼节，必须请他上主席台并且讲话。但是，这却带来了困难。像许多老年人一样，他脑袋里刹车的部件似乎老化失灵。一说话，往往像开汽车一样刹不住车，说个不停，没完没了。会议是有时间限制的，听众的忍耐也绝非无限。在这危难之际，我同他的夫人商议，由她写一个简短的发言稿，往他口袋里一塞，叮嘱他念完就算完事，不悖行礼如仪的常规。然而他一开口讲话，稿子之事早已忘入九霄云外，看样子是打算从盘古开天辟地讲起。照这样下去，讲上几千年，也讲不到今天的会。到了听众都变成了化石的时候，他也许才讲到春秋战国！我心里急如热锅上的蚂蚁，忽然想道：按既定方针办。我请他的夫人上台，从他的口袋掏出了讲稿，耳语了几句。他恍然大悟，点头称是，把讲稿念完，回到原来的座位。于是一场惊险才化险为夷，皆大欢喜。

我比这位老友小六七岁。有人赞我耳聪目明，实际上是耳欠聪，目欠明。如人饮水，冷暖自知，其中滋味，实不足为外人道也。但是，我脑袋里的刹车部件，虽然老化，尚可使用。再加上我有点自知之明，我的新座右铭是：老年之人，刹车失灵，戒之在说。一向奉行不违，还没有碰到下不了台的窘境，在潜意识中颇有点沾沾自喜了。

然而我的记忆机构也逐渐出现了问题。虽然还没有达到画家老友那样"神品"的水平，也已颇有可观。在这方面，我是独辟蹊径，创立了有季羡林特色的"忘"的学派。

我一向对自己的记忆力，特别是形象的记忆，是颇有一点自信的。四五十年前，甚至六七十年前的一个眼神、一个手势，至今记忆犹新，招之即来，显现在眼前、耳旁，如见其形，如闻其声；移到纸上，即成文章。可是，最近几年以来，古旧的记忆尚能保存，对眼前非常熟的人，见面时往往忘记了他的姓名。在第一瞥中，他的名字似乎就在嘴边、舌上。然而一转瞬间，不到十分之一秒，这个呼之欲出的姓名，就蓦地隐藏了起来，再也说不出了。说不出，也就算了。这无关宇宙大事、国家大事，甚至个人大事，完全可以置之不理的。而且脑袋里断了的保险丝，还会接上的。些许小事，何必介意？然而不行，它成了我的一块心病。我像着了魔似的，走路、看书、吃饭、睡觉，只要思路一转，立即想起此事。好像是，如果想不出来，自己就无法活下去，地球就停止了转动。我从字形上追忆，没有结果；我从发音上追忆，结果杳然。最怕半夜里醒来，本来睡得香香甜甜，如果没有干扰，保证一夜幸福。然而，像电光石火一闪，名字问题又浮现出来。古人常说的平旦之气，是非常美妙的，然而此时却美妙不起来了。我辗转反侧，瞪着眼一直瞪到天亮，其苦味实不足为外人道也。但是，不知道是哪一位神灵保佑，脑袋又像电光石火似的忽然一闪，他的姓名一下子出现了。古人形容快乐常说，"洞房花烛夜，金榜题名时"，差可同我此时的心情相比。

这样小小的悲喜剧，一出刚完，又会来第二出。有时候对于同一个人的姓名，竟会上演两出这样的戏，而且出现的频率还是越来越多。自己不得不承认，自己确实是老了。郑板桥说："难得糊涂。"对我来说，并不难得，我于无意中得之，岂不快哉！

然而忘事糊涂就一点好处都没有吗？

153

我认为，有的，而且很大。自己年纪越来越老，对于"忘"的评价却越来越高，高到了宗教信仰和哲学思辨的水平。苏东坡的词说："人有悲欢离合，月有阴晴圆缺，此事古难全。"他是把悲和欢、离和合并提。然而古人说："不如意事常八九。"这是深有体会之言。悲总是多于欢，离总是多于合，几乎每个人都是这样。如果造物主——如果真有的话——不赋予人类以"忘"的本领——我宁愿称之为本能——那么，我们人类在这么多的悲和离的重压下，能够活下去吗？我常常暗自胡思乱想：造物主这玩意儿（用《水浒》的词，应该说是"这话儿"）真是非常有意思。他（她？它？）既严肃，又油滑；既慈悲，又残忍。老子说："天地不仁，以万物为刍狗。"这话真说到了点子上。人生下来，既能得到一点乐趣，又必须忍受大量的痛苦，后者所占的比重要多得多。如果不能"忘"，或者没有"忘"这个本能，那么痛苦就会时时刻刻都新鲜生动，时时刻刻像初产生时那样剧烈残酷地折磨着你。这是任何人都无法忍受下去的。然而，人能"忘"，渐渐地从剧烈到淡漠、再淡漠、再淡漠，终于只剩下一点残痕；有人，特别是诗人，甚至爱抚这一点残痕，写出了动人心魄的诗篇，这样的例子，文学史上还少吗？

因此，我必须给赋予我们人类"忘"的本能的造化小儿大唱赞歌。试问，世界上哪一个圣人、贤人、哲人、诗人、阔人、猛人，这人，那人，能有这样的本领呢？

我还必须给"忘"大唱赞歌。试问：如果人人一点都不忘，我们的世界会成什么样子呢？

遗憾的是，我现在尽管在"忘"的方面已经建立了有季羡林特色的学派，可是自谓在这方面仍是钝根。真要想达到我那位画家朋友的水平，仍须努力。如果想达到我在上面说的那个笑话中人的境界，仍是可望而不可即。但是，我并不气馁，我并没有失掉信心。有朝一日，我总会达到的。勉之哉！勉之哉！

一九九三年七月六日

傻瓜

天下有没有傻瓜？有的，但却不是被别人称作"傻瓜"的人，而是认为别人是傻瓜的人，这样的人自己才是天下最大的傻瓜。

我先把我的结论提到前面明确地摆出来，然后再条分缕析地加以论证。这有点违反胡适之先生的"科学方法"。他认为，这样做是西方古希腊亚里士多德首倡的演绎法，是不科学的。科学的做法是他和他老师杜威的归纳法，先不立公理或者结论，而是根据事实，用"小心地求证"的办法，去搜求证据，然后才提出结论。

我在这里实际上并没有违反归纳法。我是经过了几十年的观察与体会，阅尽了芸芸众生的种种相，去粗取精，去伪存真以后，才提出了这样的结论。为了凸现它的重要性，所以提到前面来说。

闲言少叙，书归正传。有一些人往往以为自己最聪明，他们争名于朝，争利于市，锱铢必较，斤两必争。如果用正面手段、表面上的手段达不到目的的话，则也会用些负面的手段，暗藏的手段，来蒙骗别人，以达到损人利己的目的。结果怎样呢？结果是：有的人真能暂时得逞，"春风得意马蹄疾，一日看尽长安花"。大大地辉煌了一阵，然后被人识破，由座上客一变而为阶下囚。有的人当时就能丢人现眼。《红楼梦》中有两句话说："机关算尽太聪明，反误了卿卿性命。"这话真说得又生动，又真实。我绝不是说，世界上人人都是这样子，但是，从中国到外国，从古代到现代，这样的例子还算少吗？

原因何在？原因就在于：这些人都把别人当成了傻瓜。

我们中国有几句尽人皆知的俗话："善有善报，恶有恶报；不是不报，时候未到；时候一到，一切皆报。"这真是见道之言。把别人当傻瓜的人，归根结底，会自食其果。古代的统治者对这个道理似懂非懂。他们高叫："民可使由之，不可使知之。"是想把老百姓当傻瓜，但又很不放心，于是派人到民间去采风，采来了不少政治讽刺歌谣。杨震是聪明人，对向他行贿者讲出了"四知"。他知道得很清楚：除了天知、地知、你知、我知之外，不久就会有一个第五知：人知。他是不把别人当作傻瓜的。还是老百姓最聪明，他们中的聪明人说："若要人不知，除非己莫为。"他们不把别人当傻瓜。

可惜把别人当傻瓜的现象，自古亦然，于今尤烈。救之之道只有一条：不自作聪明，不把别人当傻瓜，从而自己也就不是傻瓜。哪一个时代，哪一个社会，只要能做到这一步，全社会就都是聪明人，没有傻瓜，全社会也就会安定团结。

一九九七年三月

做真实的自己

在人的一生中，思想感情的变化总是难免的。连寿命比较短的人都无不如此，何况像我这样寿登耄耋的老人！

我们舞笔弄墨的所谓"文人"，这种变化必然表现在文章中。到了老年，如果想出文集的话，怎样来处理这样一些思想感情前后有矛盾，甚至天翻地覆的矛盾的文章呢？这里就有两种办法。在过去，有一些文人，悔其少作，竭力掩盖自己幼年挂屁股帘的形象，尽量删削年轻时的文章，使自己成为一个一生一贯正确，思想感情总是前后一致的人。

我个人不赞成这种做法，认为这有点作伪的嫌疑。我主张，一个人一生是什么样子，年轻时怎样，中年怎样，老年又怎样，都应该如实地表达出来。在某一阶段上，自己的思想感情有了偏颇，甚至错误，决不应加以掩饰，而应该堂堂正正地承认。这样的文章决不应任意删削或者干脆抽掉,而应该完整地加以保留,以存真相。

在我的散文和杂文中,我的思想感情前后矛盾的现象,是颇能找出一些来的。比如对中国社会某一个阶段的歌颂,对某一个人的崇拜与歌颂,在写作的当时,我是真诚的;后来感到一点失望,我也是真诚的。这些文章,我都毫不加以删改,统统保留下来。不管现在看起来是多么幼稚,甚至多么荒谬,我都不加掩饰,目的仍然是存真。

像我这样性格的一个人,我是颇有点自知之明的。我离一个社会活动家,是有相当大的距离的。我本来希望像我的老师陈寅恪先生那样,淡泊以明志,宁静以致远,不求闻达,毕生从事学术研究,又绝不是不关心国家大事,绝不是不爱国,那不是中国知识分子的传统。然而阴差阳错,我成了现在这样一个人。应景文章不能不写,写序也推托不掉,"春花秋月何时了,开会知多少",会也不得不开。事与愿违,尘根难断,自己已垂垂老矣,改弦更张,只有俟诸来生了。

一九九五年三月十八日

希望在你们身上

人类社会的进步，有如运动场上的接力赛。老年人跑第一棒，中年人跑第二棒，青年人跑第三棒。各有各的长度，各有各的任务，互相协调，共同努力，以期获得最后胜利。这里面并没有高低之分，而只有前后之别。老年人不必倚老卖老，青年人也不必倚少卖少。老年人当然先走，青年人也会变老。如此循环往复，流转不息。这是宇宙和人世间的永恒规律，谁也改变不了一丝一毫。所谓社会的进步，就寓于其中。

中国古话说：长江后浪推前浪，世上新人换旧人。像我这样年届耄耋的老朽，当然已是旧人。我们可以说是已经交了棒，看你们年轻人奋勇向前了。但是我们虽无棒在手，也绝不会停下不走，坐以待毙；我们仍然要焚膏继晷，献上自己的余力，跟中青年人同心协力，把我们国家的事情办好。

我说的这一番道理，迹近老生常谈，然而却是真理。人世间的真理都是明白易懂的。可是，芸芸众生，花花世界，浑浑噩噩者居多，而明明白白者实少。你们青年人感觉敏锐，英气蓬勃，首先应该认识这个真理。要想树立正确的人生观和价值观，也必须从这里开始。换句话说就是，要认清自己在人类社会进化的漫漫长河中的地位。人类的前途要由你们来决定，祖国的前途要由你们来创造。这就是你们青年人的责任。千万不要把人生观和价值观当作一个哲学命题来讨论，徒托空谈，无补实际。一切人生观和价值观，离开了这个责任感，都是空谈。

那么，我作为一个老人，要对你们说些什么座右铭呢？你们想要从我这里学些什么经验呢？我没有多少哲理，我也讨厌说些空话、废话、假话、大话。我一无灵丹妙药，二无锦囊妙计。我只有一点明白易懂简单朴素、迹近老生常谈又确实是真理的道理。我引一首宋代大儒朱子的诗：

> 少年易老学难成，
> 一寸光阴不可轻。
> 未觉池塘春草梦，
> 阶前梧叶已秋声。

明白易懂，用不着解释。这首诗的关键有二：一是要学习，二是要惜寸阴。朱子心目中的学,同我们的当然不会完全一样。这个道理也用不着多加解释,只要心里明白就行。至于爱惜光阴,更是易懂。然而真正能实行者,却不多见。

这就是一个耄耋老人对你们的肺腑之谈。

青年们,好自为之。世界是你们的。

一九九四年十二月四日

辑五

不要慌，太阳下山有月光

是不是每一个人都有压力呢？

我认为，是的。

人生就是一场拼搏，没有压力，哪儿来的拼搏？

论恐惧

法国大散文家和思想家蒙田写过一篇散文《论恐惧》。他一开始就说：

> 事实并不像人们想象的那样，我不是研究人类本性的学者，搞不清恐惧在我们身上的作用途径。

我当然更不是一个研究人类本性的学者，虽然在高中时候读过心理学这样一门课，但其中是否讲到过恐惧，早已忘到爪哇国去了。

可我为什么现在又写《论恐惧》这样一篇文章呢？

理由并不太多，也谈不上堂皇。只不过是因为我常常思考这个问题，而今又受到了蒙田的启发而已。好像是蒙田给我出了这样一个题目。

根据我读书思考的结果,也根据我自己的经验,恐惧这一种心理活动和行动是异常复杂的,绝不是三言两语所能说得清楚的。人们可以从很多角度来探讨恐惧问题,我现在谈一下我自己从一个特定角度上来研究恐惧现象的想法,当然也只能极其概括、极其笼统地谈。

我认为,应当恐惧而恐惧者是正常的。应当恐惧而不恐惧者是英雄。我们平常所说的从容镇定,处变不惊,就是指的这个。不应当恐惧而恐惧者是孱头。不应当恐惧而不恐惧者也是正常的。

两个正常的现象用不着讲,我现在专讲两个不正常的现象。要举事例,那就不胜枚举。我索性专门从《晋书》里面举出两个事例,两个都与苻坚有关。《晋书·谢安传》中有一段话:

玄等既破坚,有驿书至,安方对客围棋,看书既竟,便摄放床上,了无喜色,棋如故。客问之,徐答云:"小儿辈遂已破贼。"

苻坚大兵压境,作为大臣的谢安理当恐惧不安,然而他竟这样从容镇定,至今传颂不已。所以我称之为英雄。

《晋书·苻坚传》有下面这几段话:

谢石等以既败梁成，水陆继进。坚与苻融登城而望王师，见部阵齐整，将士精锐，又北望八公山上草木，皆类人形，顾谓融曰："此亦劲敌也，何谓少乎！"怃然有惧色。

下面又说：

　　坚大惭，顾谓其夫人张氏曰："朕若用朝臣之言，岂见今日之事邪！当何面目复临天下乎？"潸然流涕而去，闻风声鹤唳，皆谓晋师之至。

　　这活生生地刻画出了一个孬头。敌兵压境，应当振作起来，鼓励士兵，同仇敌忾，可是苻坚自己却先泄了气。这样的人不称为孬头，又称之为什么呢？结果留下了两句著名的话："风声鹤唳，草木皆兵。"至今还流传在人民的口中，也可以说是流什么千古了。

　　如果想从《论恐惧》这一篇短文里吸取什么教训的话，那就是明明白白摆在眼前的：我们都要锻炼自己，对什么事情都不要惊慌失措，而要处变不惊。

二〇〇一年三月十三日

论压力

《参考消息》今年[1]七月三日以半版的篇幅介绍了外国学者关于压力的说法。我也正考虑这个问题，因缘和合，不免唠叨上几句。

什么叫压力？上述文章中说："压力是精神与身体对内在与外在事件的生理与心理反应。"下面还列了几种特性，今略。我一向认为，定义这玩意儿，除在自然科学上可能确切外，在人文社会科学上则是办不到的。上述定义我看也就行了。

是不是每一个人都有压力呢？我认为，是的。我们常说，人生就是一场拼搏，没有压力，哪儿来的拼搏？佛家说，生、老、病、死、苦，苦也就是压力。过去的国王、皇帝，近代外国的独

---

[1] 此处指一九九八年。

裁者，无法无天，为所欲为，看上去似乎一点压力都没有。然而他们却战战兢兢，时时如临大敌，担心边患，担心宫廷政变，担心被毒害被刺杀。他们是世界上最孤独的人，压力比任何人都大。大资本家钱太多了，担心股市升降，房地产价波动，等等。至于吾辈平民老百姓，"家家有一本难念的经"，这些都是压力，谁能躲得开呢？

压力是好事还是坏事？我认为是好事。从大处来看，现在全球环境污染，生态平衡破坏，臭氧层出洞，人口爆炸，新疾病丛生，等等，人们感觉到了，这当然就是压力，然而压出来的却是增强忧患意识，增强防范措施，这难道不是天大的好事吗？对一般人来说，法律和其他一切合理的规章制度，都是压力。然而这些压力何等好啊！没有它们，社会将会陷入混乱，人类将无法生存。这个道理极其简单明了，一说就懂。我举自己做一个例子。我不是一个没有名利思想的人——我怀疑真有这种人，过去由于一些我曾经说过的原因，表面上看起来，我似乎是淡泊名利，其实那多半是假象。但是，到了今天，我已至望九之年，名利对我已经没有什么用，用不着再争名于朝，争利于市，这方面的压力没有了。但是却来了另一方面的压力，主要来自电台采访和报刊以及友人约写文章。这对我形成颇大的压力。以写文章而论，有的我实在不愿意写，可是碍于面子，不得不应。应就是压力。于是"拨冗"苦思，往往能写出有点新意的文章。对我来说，这就是压力的好处。

压力如何排除呢？粗略来分类，压力来源可能有两类：一被动，一主动。天灾人祸，意外事件，属于被动，这种压力，无法预测，只有泰然处之，切不可杞人忧天；主动的来源于自身，自己能有所作为。我的"三不主义"的第三条是"不嘀咕"，我认为，能做到遇事不嘀咕，就能排除自己造成的压力。

一九九八年七月八日

走运与倒霉

走运与倒霉，表面上看起来，似乎是绝对对立的两个概念。世人无不想走运，而绝不想倒霉。

其实，这两件事是有密切联系的，互相依存的，互为因果的。说极端了，简直是一而二二而一者也。这并不是我的发明创造。两千多年前的老子已经发现了，他说："祸兮福之所倚，福兮祸之所伏，孰知其极？其无正。"老子的"福"就是走运，他的"祸"就是倒霉。

走运有大小之别，倒霉也有大小之别，而两者往往是相通的。走的运越大，则倒的霉也越惨，两者之间成正比。中国有一句俗话说："爬得越高，跌得越重。"形象生动地说明了这种关系。

吾辈小民，过着平平常常的日子，天天忙着吃、喝、拉、撒、睡，操持着柴、米、油、盐、酱、醋、茶。有时候难免走点小运，有的是主动争取来的，有的是时来运转，好运从天上掉下来的。高兴之余，不过喝上二两二锅头，飘飘然一阵了事。但有时又难免倒点小霉，"闭门家中坐，祸从天上来"，没有人去争取倒霉的。倒霉以后，也不过心里郁闷几天，对老婆孩子发点小脾气，转瞬就过去了。

但是，历史上和眼前的那些大人物和大款，他们一身系天下安危，或者系一个地区、一个行当的安危。他们得意时，比如打了一个大胜仗，或者倒卖房地产、炒股票，发了一笔大财，意气风发，踌躇满志，自以为天上天下，唯我独尊。"固一世之雄也"，怎二两二锅头了得！然而一旦失败，不是自刎乌江，就是从摩天高楼跳下，"而今安在哉！"。

从历史上到现在，中国知识分子有一个"特色"，这在西方国家是找不到的。中国历代的诗人、文学家，不倒霉则走不了运。司马迁在《太史公自序》中说："昔西伯拘羑里，演《周易》；孔子厄陈、蔡，作《春秋》；屈原放逐，著《离骚》；左丘失明，厥有《国语》；孙子膑脚，而论兵法；不韦迁蜀，世传《吕览》；韩非囚秦，《说难》《孤愤》；《诗》三百篇，大抵贤圣发愤之所为作也。"司马迁算的这个总账，后来并没有改变。汉以后所有的文学大家，都是在倒霉之后，才写出了震古烁今的杰作。像韩愈、苏轼、李清照、李后主等一批人，莫不皆然。从来没有过状元宰相成为大文学家的。

　　了解了这一番道理之后，有什么意义呢？我认为，意义是重大的。它能够让我们头脑清醒，理解祸福的辩证关系：走运时，要想到倒霉，不要得意过了头；倒霉时，要想到走运，不必垂头丧气。心态始终保持平衡，情绪始终保持稳定，此亦长寿之道也。

一九九八年十一月二日

缘分与命运

缘分与命运本来是两个词，都是我们口中常说、文中常写的。但是，仔细琢磨起来，这两个词含义极为接近，有时达到了难解难分的程度。

缘分和命运可信不可信呢？

我认为，不能全信，又不可不信。

我绝不是为算卦相面的"张铁嘴""王半仙"之流的骗子来张目。算八字算命那一套骗人的鬼话，只要一个异常简单的事实就能揭穿。试问普天之下——番邦暂且不算，因为老外那里没有这套玩意儿——同年、同月、同日、同时生的孩子有几万、几十万，他们一生的经历难道都能够绝对一样吗？绝对地不一样，倒近于事实。

可你为什么又说，缘分和命运不可不信呢？

我也举一个异常简单的事实。只要你把你最亲密的人,你的老伴——或者"小伴",这是我创造的一个名词,年轻的夫妻之谓也——同你自己相遇,一直到"有情人终成了眷属"的经过回想一下,便立即会同意我的意见。你们可能一个生在天南,一个生在海北,中间经过了不知道多少偶然的机遇,有的机遇简直是间不容发、稍纵即逝,可终究没有错过,你们到底走到一起来了。即使是青梅竹马的关系,也同样有个"机遇"问题。这种"机遇"是报纸上的词,哲学上的术语是"偶然性",老百姓嘴里就叫作"缘分"或"命运"。这种情况,谁能否认,谁又能解释呢?没有办法,只好称之为缘分或命运。

北京西山深处有一座辽代古庙名叫"大觉寺"。此地有崇山峻岭,茂林流泉,有三百年的玉兰树、两百年的藤萝花,是一个绝妙的地方。将近二十年前,我骑自行车去过一次。当时古寺虽已破败,但仍给我留下了深刻的印象,至今忆念难忘。去年春末,北大中文系的毕业生欧阳旭邀我们到大觉寺去剪彩,原来他下海成了颇有基础的企业家。他毕竟是书生出身,念念不忘为文化做贡献。他在大觉寺里创办了一个明慧茶院,以弘扬中国的茶文化。我大喜过望,准时到了大觉寺。此时的大觉寺已完全焕然一新,雕梁画栋,金碧辉煌,玉兰已开过而紫藤尚开,品茗观茶道表演,心旷神怡,浑然欲忘我矣。

将近一年以来,我脑海中始终有一个疑团:这个英年岐嶷的小伙子怎么会到深山里来搞这么一个茶院呢？前几天，欧阳旭又邀我们到大觉寺去吃饭。坐在汽车上，我不禁向他提出了我的问题。他莞尔一笑，轻声说："缘分！"原来在这之前他携伙伴郊游，黄昏迷路，撞到大觉寺里来。爱此地之清幽，便租了下来，加以装修，创办了明慧茶院。

此事虽小，可以见大。信缘分与不信缘分，对人的心情影响是不一样的。信者胜可以做到不骄，败可以做到不馁，绝不致胜则忘乎所以，败则怨天尤人。中国古话说："尽人事而听天命。"首先必须"尽人事"，否则馅儿饼绝不会自己从天上落到你嘴里来，但又必须"听天命"。人世间，波诡云谲，因果错综，只有能做到"尽人事而听天命"，一个人才能永远保持心情的平衡。

一九九八年一月十六日

爱情

一

人们常说,爱情是文艺创作的永恒主题。不同意这个意见的人,恐怕是不多的。爱情同时也是人生不可缺少的东西。即使后来出家当了和尚,与爱情完全"拜拜",在这之前也曾蹚过爱河,受过爱情的洗礼,有名的例子不必向古代去搜求,近代的苏曼殊和弘一法师就摆在眼前。

可是为什么我写"人生漫谈"已经写了三十多篇还没有碰爱情这个题目呢?难道爱情在人生中不重要吗?非也。只因它太重要、太普遍,但却又太神秘、太玄乎,我因而不敢去碰它。

中国俗话说:"丑媳妇迟早要见公婆的。"我迟早也必须写关于爱情的漫谈的。现在,适逢有一个机会:我正读法国大散文家蒙田的随笔《论友谊》这一篇，里面谈到了爱情。我干脆抄上几段，加以引申发挥，借他人的杯，装自己的酒，以了此一段公案。以后倘有更高更深刻的领悟，还会再写的。

蒙田说：我们不可能将爱情放在友谊的位置上。"我承认，爱情之火更活跃、更激烈、更灼热……但爱情是一种朝三暮四、变化无常的情感，它狂热冲动，时高时低，忽热忽冷，把我们系于一发之上。而友谊是一种普遍和一致的热情……再者，爱情不过是一种疯狂的欲望，越是躲避的东西越要追求……爱情一旦进入友谊阶段，也就是说，进入意愿相投的阶段，它就会衰弱和消逝。爱情是以身体的满足为目的，一旦享有了，就不复存在。"

总之，在蒙田眼中，爱情比不上友谊，不是什么好东西。我个人觉得，蒙田的话虽然说得太激烈、太偏颇、太极端，然而我们却不能不承认，它有合理的实事求是的一方面。

根据我个人的观察与思考，我觉得，世人对爱情的态度可以笼统分为两大流派：一派是现实主义，一派是理想主义。蒙田显然属于现实主义，他没有把爱情神秘化、理想化。如果他是一个诗人的话，他也绝不会像一大群理想主义的诗人那样，写出些卿卿我我、鸳鸯蝴蝶，有时候甚至拿肉麻当有趣的诗篇，令普天下的才子佳人们击节赞赏。他干净利落地直言不讳，把爱情说成"朝三暮四、变化无常的情感"。对某一些高人雅士来说，这实在有点大煞风景，仿佛在佛头上着粪一样。

我不才，窃自附于现实主义一派。我与蒙田也有不同之处：我认为，在爱情的某一个阶段上，可能有纯真之处，否则就无法解释日本青年恋人在相爱达到最高潮时有的就双双跳入火山口中，让他们的爱情永垂不朽。

二

像这样的情况，在日本恐怕也是极少极少的，在别的国家，则未闻之也。

当然，在别的国家也并不缺少歌颂纯真爱情的诗篇、戏剧、小说，以及民间传说。莎士比亚的《罗密欧与朱丽叶》、中国的梁山伯与祝英台是世所周知的。谁能怀疑这种爱情的纯真呢？专就中国来说，民间类似梁祝爱情的传说，还能够举出不少来。至于"誓死不嫁"和"誓死不娶"的真实的故事，则所在多有。这样一来，爱情似乎真同蒙田的说法完全相违，纯真圣洁得不得了啦。

我在这里想分析一个有名的爱情的案例。这就是杨贵妃和唐玄宗的爱情故事，这是一个古今称艳的故事。唐代大诗人白居易的《长恨歌》歌颂的就是这一件事。你看，唐玄宗失掉了杨贵妃以后，他是多么想念、多么情深："夕殿萤飞思悄然，孤灯挑尽未成眠。"这一首歌最后两句诗是："天长地久有时尽，此恨绵绵无绝期。"写得多么动人心魄、多么令人同情，好像他们两人之间的爱情真正纯真到了无以复加的程度。但是，常识告诉我们，爱情是有排他性的，真正的爱情不容有一个第三者。可是唐玄宗怎样呢？"后宫佳丽三千人"，小老婆真够多的。即使是"三千宠爱在一身"，这"在一身"能可靠吗？白居易为唐代臣子，竟敢乱谈天子宫闱中事，这在明清是绝对办不到的。这先不去说它，白居易真正头脑简单到相信这爱情是纯真的才加以歌颂吗？抑或另有别的原因？

这些封建的爱情"俱往矣"。今天我们怎样对待爱情呢？我明人不说暗话，我是颇有点同意蒙田的意见的。中国古人说："食色，性也。"爱情，特别是结婚，总是同"色"相联系的。家喻户晓的《西厢记》歌颂张生和莺莺的爱情，高潮竟是一幕"酬简"，也就是"以身相许"。个中消息，很值得我们参悟。

我们今天的青年怎样对待爱情呢？这我有点不大清楚，也没有什么青年人来同我这望九之年的老古董谈这类事情。据我所见所闻，那一套封建的东西早为今天的青年所扬弃。如果真有人想向我这爱情的盲人问道的话，我也可以把我的看法告诉他们的。如果一个人不想终生独身的话，他必须谈恋爱以至结婚。这是"人间正道"。但是千万别浪费过多的时间，终日卿卿我我，闹得神魂颠倒，处心积虑，不时闹点小别扭，学习不好，工作难成，最终还可能是"竹篮子打水一场空"。这真是何苦来！我并不提倡二人"一见倾心"，立即办理结婚手续。我觉得，两个人必须有一个互相了解的过程。这过程不必过长，短则半年，多则一年。余出来的时间应当用到刀刃上，搞点事业，为了个人，为了家庭，为了国家，为了世界。

三

已经写了两篇关于爱情的短文，但觉得仍然是言犹未尽，现在再补写一篇。像爱情这样平凡而又神秘的东西，这样一种社会现象或心理活动，即使再将篇幅扩大十倍、二十倍、一百倍，也是写不完的。补写此篇，不过聊补前两篇的一点疏漏而已。

旧社会实行"父母之命，媒妁之言"的办法，男女青年不必伤任何脑筋就入了洞房。我们可以说，结婚是爱情的开始。但是，不要忘记，也有"绿叶成荫子满枝"而终不知爱情为何物的例子，而且数目还不算太少。到了现代，实行自由恋爱了，有的时候竟成了结婚是爱情的结束。西方和当前的中国，离婚率颇为可观，就是一个具体的例证。据说，有的天主教国家教会禁止离婚。但是，不离婚并不等于爱情能继续，只不过是外表上合而不离，实际上则各寻所欢而已。

爱情既然这样神秘，相爱和结婚的机遇——用一个哲学的术语就是偶然性——又极其奇怪，极其突然，绝非我们个人所能掌握的。在困惑之余，东西方的哲人俊士束手无策，还是老百姓有办法，他们乞灵于神话。

一讲到神话，据我个人的思考，就有中外之分。西方人创造了一个爱神，叫作Jupiter（朱庇特）或Cupid（丘比特），是一个手持弓箭的童子。他的箭射中了谁，谁就坠入爱河，印度古代文化毕竟与欧洲古希腊、罗马有缘。他们也创造了一个叫作Kāmaolliva的爱神，也是手持弓箭，被射中者立即相爱，绝不敢有违。这个神话当然是同一来源，此不具论。

在中国，我们没有"爱神"的信仰，我们另有办法。我们创造了一个月老，他手中拿着一条红线，谁被红线拴住，不管是相距多么远，天涯海角，恍若比邻，二人必然走到一起，相爱结婚。从前西湖有一座月老祠，有一副对联是天下闻名的："愿天下有情人都成了眷属，是前生注定事莫错过姻缘。"多么质朴，多么有人情味！只有对某些人来说，"前生"和"姻缘"显得有点渺茫和神秘。可是，如果每一对夫妇都回想一下你们当初相爱和结婚的过程的话，你们能否定月老祠的这一副对联吗？

我自己对这副对联是无法否认的，但又找不到"科学根据"。我倒是想忠告今天的年轻人，不妨相信一下。我对现在西方和中国青年人的相爱和结婚的方式，无权说三道四，只是觉得不大能接受。我自知年已望九，早已属于博物馆中的人物，我力避发九斤老太之牢骚，但有时又如骨鲠在喉不得不一吐为快耳。

一九九七年十一月二十二日

论朋友

人类是社会动物。一个人在社会中不可能没有朋友。任何人的一生都是一场搏斗。在这一场搏斗中，如果没有朋友，则形单影只，鲜有不失败者。如果有了朋友，则众志成城，鲜有不胜利者。

因此，在人类几千年的历史上，任何国家，任何社会，没有不重视交友之道的，而中国尤甚。在宗法伦理色彩极强的中国社会中，朋友被尊为五伦之一，曰"朋友有信"。我又记得什么书中说："朋友，以义合者也。""信""义"含义大概有相通之处。后世多以"义"字来要求朋友关系，比如《三国演义》"桃园三结义"之类就是。

《说文》对"朋"字的解释是"凤飞，群鸟从以万数，故以为'朋党'字"。"凤"和"朋"大概只有轻唇音重唇音之别。

对"友"的解释是"同志为友"。意思非常清楚。中国古代，肯定也有"朋友"二字连用的，比如《孟子》。《论语》"有朋自远方来，不亦乐乎！"却只用一个"朋"字。不知从什么时候起，"朋友"才经常连用起来。

在中国几千年的历史上，重视友谊的故事不可胜数。最著名的是管鲍之交，钟子期和伯牙的故事，等等。刘、关、张三结义更是有口皆碑。一直到今天，我们还讲究"哥们义气"，发展到最高程度，就是"为朋友两肋插刀"。只要不是结党营私，我们是非常重视交朋友的。我们认为，中国古代把朋友归入五伦是有道理的。

我们现在看一看欧洲人对友谊的看法。欧洲典籍数量虽然远远比不上中国，但是，称之为汗牛充栋也是当之无愧的。我没有能力来旁征博引，只能根据我比较熟悉的一部书来引证一些材料，这就是法国著名的《蒙田随笔》。

《蒙田随笔》上卷，第二十八章，是一篇叫作《论友谊》的随笔。其中有几句话：

我们喜欢交友胜过其他一切，这可能是我们本性所使然。亚里士多德说，好的立法者对友谊比对公正更关心。

寥寥几句，充分说明西方对友谊之重视。蒙田接着说：

自古就有四种友谊：血缘的、社交的、待客的和男女情爱的。

这使我立即想到，中西对友谊含义的理解是不相同的。根据中国的标准，"血缘的"不属于友谊，而属于亲情。"男女情爱的"也不属于友谊，而属于爱情。对此，蒙田有长篇累牍的解释，我无法一一征引。我只举他对爱情的几句话：

爱情一旦进入友谊阶段，也就是说，进入意愿相投的阶段，它就会衰落和消逝。爱情是以身体的满足为目的，一旦享有了，就不复存在。相反，友谊越被人向往，就越被人享有，友谊只是在获得以后才会升华、增长和发展，因为它是精神上的，心灵会随之净化。

这一段话，很值得我们仔细推敲、品味。

一九九九年十月二十六日

漫谈消费

　　蒙组稿者垂青，要我来谈一谈个人消费。这实在不是最佳选择，因为我的个人消费绝无任何典型意义。如果每个人都像我这样，商店几乎都要关门大吉。商店越是高级，我越敬而远之。店里那一大堆五光十色、争奇斗艳的商品，有的人见了简直会垂涎三尺，我却是看到就头痛。而且窃作腹诽：在这些无限华丽的包装内包的究竟是什么货色，只有天晓得。我觉得人们似乎越来越蠢，我们所能享受的东西，不过只占广告费和包装费的一丁点，我们是让广告和包装牵着鼻子走的，愧为"万物之灵"。
　　谈到消费，必须先谈收入。组稿者让我讲个人的情况，而且越具体越好。我就先讲我个人的具体收入情况。我在二十世纪五十年代被评为一级教授，到现在已经四十多年了，尚留在世间者已为数不多，可以被视为珍稀动物，通称为"老一级"。在北京工资区——大概是六区——每月三百四十五元,再加上中国科学院哲学社会科学部委员,每月津贴一百元,这个数目今天看起来实为微不足道,然而在当时却是一个颇大的数目,十分"不菲"。我举两个具体的例子:吃一次"老莫"(莫斯科餐厅),要花一元五角到两元,汤菜俱全,外加黄油面包,还有啤酒一杯;如果吃烤鸭,也不过六七块钱一只,其余依此类推。只需同现在的价格一比,其悬殊立即可见,从工资收入方面来看,这是我一生最辉煌的时期之一。这是以后才知道的,"当时只道是寻常"。到了今天,"老一级"的光荣桂冠仍然戴在头上,沉甸甸的,又轻飘飘的,心里说不出是什么滋味,实际情况却是"昔人已乘黄鹤去,此地空余老桂冠"。我很感谢,不知道是哪一位朋友发明了"工薪阶层"这一个词,这真不愧是天才的发明,幸乎不幸乎?我也归入了这一个"工薪阶层"的行列。听有人说,在某一个城市的某大公司里设有"工薪阶层"专柜,专门对付我们这一号人的。如果真正有的话,这也不愧是一个天才的发明。俗话说:"识时务者为俊杰",他们都是不折不扣的"俊杰"。

我这个"老一级"每月究竟能拿多少钱呢?要了解这一点,必须先讲一讲今天的分配制度。现在的分配制度,同二十世纪五十年代相比,有了极大的不同,当年在大学里工作的人主要靠工资生活,不懂什么"第二职业",也不允许有"第二职业"。谁要这样想,这样做,那就是典型的资产阶级思想,是同无产阶级思想对着干的，是最犯忌讳的。今天却大改其道。学校里颇有一些人有种种形式的"第二职业"，甚至"第三职业"。原因十分简单：如果只靠自己的工资，那就生活不下去。以我这个"老一级"为例，账面上的工资我是北大教员中最高的。我每月领到的工资，七扣八扣，拿到手的平均七百元至八百元。保姆占掉一半，天然气费、电话费等，约占掉剩下的四分之一。我实际留在手的只有三百元左右，我要用这些钱来付全体在我家吃饭的四个人的饭钱，这些钱连供一个人吃饭都有点捉襟见肘，何况四个人！"老莫"、烤鸭之类，当然可望而不可即。

可是我的生活水平，如果不是提高的话，也绝没有降低。难道我点金有术吗？非也。我也有第×职业。这就是爬格子。格子我已经爬了六十多年，渐渐地爬出一些名堂来。时不时地就收到稿费，很多时候，我并不知道是哪一篇文章换来的。外文楼收发室的张师傅说："季羡林有三多，报纸杂志多，有十几种，都是赠送的；来信多，每天总有五六封，来信者男女老幼都有，大都是不认识的人；汇单多。"我绝非守财奴，但是一见汇款单，则心花怒放。爬格子的劲头更加昂扬起来。我没有做过统计，不知道每月究竟能收到多少钱。反正，对每月手中仅留三百元钱的我来说，从来没有感到拮据，反而能大把大把地送给别人或者家乡的学校。我个人的生活水平，确有提高。我对吃，从来没有什么要求。早晨一般是面包或者干馒头，一杯清茶，一碟炒花生米，从来不让人陪我凌晨四点起床,给我做早饭。午晚两餐,素菜为多。我对肉类没有好感。这并不是出于什么宗教信仰,我不是佛教徒,其他教徒也不是。我并不宣扬素食主义。我的舌头也没有生什么病,好吃的东西我是能品尝的。不过我认为,如果一个人成天想吃想喝,仿佛人生的意义与价值就在于吃喝二字。我真觉得无聊,"斯下矣",食足以果腹,不就够了吗?因此,据小保姆告诉,我们四个人的伙食费不过五百多元而已。

至于衣着,更不在我考虑之列。在这方面,我是一个"利己主义者"。衣足以蔽体而已,何必追求豪华。一个人穿衣服,是给别人看的。如果一个人穿上十分豪华的衣服,打扮得珠光宝气,天天坐在穿衣镜前,自我欣赏,他(她)不是一个疯子,就是一个傻子。如果只是给别人去看,则观看者的审美能力和审美标准,千差万别,你满足了这一帮人,必然开罪于另一帮人,决不能使人人都高兴,皆大欢喜。反不如我行我素,我就是这一身打扮,你爱看不看,反正我不能让你指挥我,我是个完全自由自主的人。

因此,我的衣服,多半是穿过十年八年或者更长时间的,多半属于博物馆中的货色。俗话说:"人靠衣裳马靠鞍",以衣取人,自古已然,于今犹然。我到大店里去买东西,难免遭受花枝招展的年轻女售货员的白眼。如果有保卫干部在场,他恐怕会对我多加小心,我会成为他的重点监视对象。好在我基本上不进豪华大商店,这种尴尬局面无从感受。

讲到穿衣服,听说要"赶潮",就是要赶上时代潮流,每季每年都有流行款式,我对这些都是完全的外行。我有我的老主意:以不变应万变。一身蓝色的卡其布中山装,春、夏、秋、冬,永不变化。所以我的开支项下,根本没有衣服这一项。你别说,我们那一套"三十年河东,三十年河西"的"哲学"有时对衣着款式也起作用。我曾在解放前的一九四六年在上海买过一件雨衣,至今仍然穿。有的专家说:"你这件雨衣的款式真时髦!"我听了以后,大惑不解。经专家指点,原来五十多年流行的款式经过了漫长的沧桑岁月,经过了不知道多少变化,现在又在螺旋式上升的规律的指导下,回到了五十多年前的款式。我恭听之余,大为兴奋。我守株待兔,终于守到了。人类在衣着方面的一点小聪明,原来竟如此脆弱!

我在本文一开头就说,在消费方面我绝不是一个典型的代表。看了我自己的叙述,谁都会同意我这个说法的。但是,人类社会极其复杂,芸芸众生,有一箪食一瓢饮者,也有食前方丈、一掷千金者。绫罗绸缎、皮尔·卡丹、燕窝鱼翅、生猛海鲜,这样的人当然也会有的。如果全社会都是我这一号的人,则所有的大百货公司都会关张的,那岂不太可怕了吗?所以,我并不提倡大家以我为师,我不敢这样狂妄。不过,话又说了回来,我仍然认为:吃饭穿衣是为了活着,但是活着绝不是为了吃饭穿衣。

成功

什么叫成功？顺手拿来一本《现代汉语词典》，上面写道："成功：获得预期的结果。"言简意赅，明白之至。

但是，谈到"预期"，则错综复杂，纷纭混乱。人人每时每刻每日每月都有大小不同的预期，有的成功，有的失败，总之是无法界定，也无法分类，我们不去谈它。

我在这里只谈成功，特别是成功之道。这又是一个极大的题目，我却只是小做。积七八十年之经验，我得到下面这个公式：

天资＋勤奋＋机遇＝成功

"天资"，我本来想用"天才"。但天才是个稀见现象，其中不少是"偏才"，所以我弃而不用，改用"天资"。大家一看就明白。这个公式实在是过分简单化了，但其中的含义是清楚的。搞得太烦琐，反而不容易说清楚。

谈到天资，首先必须承认，人与人之间天资是不相同的。这是一个事实，谁也否定不掉。"十年浩劫"中，自命天才的人居然号召大批天才。葫芦里卖的是什么药，至今不解。到了今天，学术界和文艺界自命天才的人颇不稀见，我除了羡慕这些人"自我感觉过分良好"外，不敢赞一词。对于自己的天资，我看，还是客观一点好，实事求是一点好。

至于勤奋，一向为古人所赞扬。囊萤、映雪、悬梁、刺股等故事流传了千百年，家喻户晓。韩文公的"焚膏油以继晷，恒兀兀以穷年"，更为读书人所向往。如果不勤奋，则天资再高也毫无用处。事理至明，无待饶舌。

谈到机遇，往往为人所忽视。它其实是存在的，而且有时候影响极大。就以我为例，如果清华不派我到德国去留学，则我的一生完全不会像现在这个样子。

把成功的三个条件拿来分析一下，天资是由"天"来决定的，我们无能为力。机遇是不期而来的，我们也无能为力。只有勤奋一项完全是我们自己决定的，我们必须在这一项上狠下功夫。在这里，古人的教导也多得很。还是先举韩文公。他说："业精于勤荒于嬉，行成于思毁于随。"这两句话是大家都熟悉的。

王静安在《人间词话》中说："古今之成大事业、大学问者，必经过三种之境界：'昨夜西风凋碧树。独上高楼，望尽天涯路'，此第一境也。'衣带渐宽终不悔，为伊消得人憔悴'，此第二境也。'众里寻他千百度，蓦然回首，那人却在，灯火阑珊处'，此第三境也。"静安先生第一境写的是预期，第二境写的是勤奋，第三境写的是成功。其中没有写天资和机遇。我不敢说这是他的疏漏，因为写的角度不同。但是我认为，补上天资与机遇，似更为全面。我希望，大家都能拿出"衣带渐宽终不悔"的精神来做学问或干事业，这是成功的必由之路。

二〇〇〇年一月七日

辑六

人生小满胜万全

古人说:「文武之道,一张一弛。」

有张无弛不行,有弛无张也不行。

张弛结合,斯乃正道。

不完满才是人生

每个人都争取一个完满的人生。然而,自古及今,海内海外,一个百分之百完满的人生是没有的。所以我说,不完满才是人生。

关于这一点,古今的民间谚语、文人诗句,说到的很多很多。最常见的比如苏东坡的词:"人有悲欢离合,月有阴晴圆缺,此事古难全。"南宋方岳(根据吴小如先生考证)诗句:"不如意事常八九,可与语人无二三。"这都是我们时常引用的,脍炙人口的。类似的例子还能够举出成百上千来。

这种说法适用于一切人,旧社会的皇帝老爷子也包括在里面。他们君临天下,率土之滨,莫非王土,可以为所欲为,杀人灭族,小事一桩。按理说,他们不应该有什么不如意的事。然而,实际上,王位继承,宫廷斗争,比民间残酷万倍。他们威仪俨然地坐在宝座上,如坐针毡。虽然捏造了龙驭上宾这种神话,然而他们自己也并不相信。他们想方设法以求得长生不老,他们最怕"一旦魂断,宫车晚出",连英主如汉武帝、唐太宗之辈也不能免俗。汉武帝造承露金盘,妄想饮仙露以长生;唐太宗服印度婆罗门的灵药,期望借此以不死。结果,事与愿违,仍然是龙驭上宾呜呼哀哉了。

在这些皇帝手下的大臣们,一人之下,万人之上,权力极大,骄纵恣肆,贪赃枉法,无所不至。在这一类人中,好东西大概极少,否则包公和海瑞等绝不会流芳千古,久垂宇宙了。可这些人到了皇帝跟前,只是一些奴才,常言道:伴君如伴虎,可见他们的日子并不好过。据说明朝的大臣上朝时在笏板上夹带一点鹤顶红,一旦皇恩浩荡,钦赐极刑,连忙用舌尖舔一点鹤顶红,立即涅槃,落得一个全尸。可见这一批人的日子也并不好过,谈不到什么完满的人生。

至于我辈平头老百姓,日子就更难过了。建国前后,不能说没有区别,可是一直到今天仍然是不如意事常八九。早晨在早市上被小贩宰了一刀;在公共汽车上被扒手割了包,踩了人一下,或者被人踩了一下,根本不会说对不起了,代之以对骂,或者甚至演出全武行;到了商店,难免买到假冒伪劣的商品,又得生一肚子气……谁能说,我们的人生多是完满的呢?

再说到我们这一批手无缚鸡之力的知识分子,在历史上一生中就难得过上几天好日子。只一个考字，就能让你谈考色变。考者，考试也。在旧社会科举时代，千军万马过独木桥，要上进，只有科举一途，你只需读一读吴敬梓的《儒林外史》，就能淋漓尽致地了解到科举的情况。以周进和范进为代表的那一批举人进士，其窘态难道还不能让你胆战心惊、啼笑皆非吗？

现在我们运气好，得生于新社会中。然而那一个考字，宛如如来佛的手掌，你别想逃脱得了。幼儿园升小学，考；小学升初中，考；初中升高中，考；高中升大学，考；大学毕业想当硕士，考；硕士想当博士，考。考，考，考，变成烤，烤，烤；一直到知命之年，厄运仍然难免，现代知识分子落到这一张密而不漏的天网中，无所逃于天地之间，我们的人生还谈什么完满呢？

灾难并不限于知识分子：人人有一本难念的经。所以我说不完满才是人生。这是一个平凡的真理；但是真能了解其中的意义，对己对人都有好处。对己，可以不烦不躁；对人，可以互相谅解。这会大大地有利于整个社会的安定团结。

一九九八年八月二十日

当时只道是寻常

这是一句非常明白易懂的话，却道出了几乎人人都有的感觉。所谓"当时"者，指人生过去的某一个阶段。处在这个阶段中时，觉得过日子也不过如此，是很寻常的。过了十几二十年或者更长的时间，回头一看，当时实在有不寻常者在。因此有人，特别是老年人，喜欢在回忆中生活。

在中国，这种情况更比较突出，魏晋时代的人喜欢做"羲皇上人"。这是一种什么心理呢？"鸡犬之声相闻，而老死不相往来"，真就那么好吗？人类最初不会种地，只是采集植物，猎获动物，以此为生。生活是十分艰苦的。这样的生活有什么可向往的呢！

然而，根据我个人的经验，发思古之幽情，几乎是每个人都有的。到了今天，沧海桑田，世界有多少次巨大的变化。人们思古的情绪却依然没变。我举一个具体的例子。十几年前,我重访了我曾待过十年的德国哥廷根。我的老师瓦尔德施米特教授夫妇都还健在。但已今非昔比,房子捐给梵学研究所,汽车也已卖掉。他们只有一个独生子,二战中阵亡。此时老夫妇二人孤零零地住在一座十分豪华的养老院里。院里设备十分齐全,游泳池、网球场等一应俱全。但是,这些设备对七八十岁、八九十岁的老人有什么用处呢?让老人们触目惊心的是,每隔一段时间就有某一个房号空了出来,主人见上帝去了。这对老人们的刺激之大是不言而喻的。我的来临大出教授的意料,他简直有点喜不自胜的意味。夫人摆出了当年我在哥廷根时常吃的点心。教授仿佛返老还童,回到了当年去了。他笑着说:"让我们好好地过一过当年过的日子,说一说当年常说的话!"我含着眼泪离开了教授夫妇,嘴里说着连自己都不相信的话:"过一两年,我还会来看你们的。"

我的德国老师不会懂"当时只道是寻常"的隐含的意蕴,但是古今中外人士所共有的这种怀旧追忆的情绪却是有的。这种情绪通过我上面描述的情况完全流露出来了。

仔细分析起来,"当时"是很不相同的。国王有国王的"当时",有钱人有有钱人的"当时",平头老百姓有平头老百姓的"当时"。在李煜眼中,"当时"是车如流水马如龙,花月正春风游上林苑的"当时"。对此,他没有别的办法,只有哀叹"天上人间"了。

　　我不想对这个概念再进行过多的分析。本来是明明白白的一点真理，过多的分析反而会使它迷离模糊起来。我现在想对自己提出一个怪问题：你对我们的现在，也就是眼前这个现在，感觉到是寻常呢，还是不寻常？这个"现在"，若干年后也会成为"当时"的。到了那时候，我们会不会说"当时只道是寻常"呢？现在无法预言。现在我住在医院中，享受极高的待遇。应该说，没有什么不满足的地方。但是，倘若扪心自问："你认为是寻常呢，还是不寻常？"我真有点说不出，也许只有到了若干年后，我才能说："当时只道是寻常。"

二〇〇三年六月二十日

人生的意义与价值

当我还是一个青年大学生的时候，报刊上曾刮起一阵讨论人生的意义与价值的微风，文章写了一些，议论也发表了一通。我看过一些文章，但自己并没有参加进去。原因是，有的文章不知所云，我看不懂。更重要的是，我认为这种讨论本身就无意义、无价值，不如实实在在地干几件事好。

时光流逝，一转眼，自己已经到了望九之年，活得远远超过了我的预算。有人认为长寿是福，我看也不尽然。人活得太久了，对人生的种种相、众生的种种相，看得透透彻彻，反而鼓舞时少，叹息时多，远不如早一点离开人世这个是非之地，落一个耳根清净。

那么，长寿就一点好处都没有吗？也不是的。这对了解人生的意义与价值，会有一些好处的。

根据我个人的观察,对世界上绝大多数人来说,人生一无意义,二无价值。他们也从来不考虑这样的哲学问题。走运时,手里攥满了钞票,白天两顿美食城,晚上一趟卡拉OK,玩一点小权术,耍一点小聪明,甚至恣睢骄横,飞扬跋扈,昏昏沉沉,浑浑噩噩,等到钻入了骨灰盒,也不明白自己为什么活过一生。

其中不走运的则穷困潦倒,终日为衣食奔波,愁眉苦脸,长吁短叹。即使日子还能过得去的,不愁衣食,能够温饱,然而也终日忙忙碌碌,被困于名缰,被缚于利索。同样是昏昏沉沉,浑浑噩噩,不知道为什么活过一生。

对这样的芸芸众生,人生的意义与价值从何处谈起呢?

我自己也属于芸芸众生之列,也难免浑浑噩噩,并不比任何人高一丝一毫。如果想勉强找一点区别的话,那也是有的:我,当然还有一些别的人,对人生有一些想法,动过一点脑筋,而且自认这些想法是有点道理的。

我有些什么想法呢?话要说得远一点。当今世界上战火纷飞,人欲横流,"黄钟毁弃,瓦釜雷鸣",是一个十分不安定的时代。但是,对于人类的前途,我始终是一个乐观主义者。我相信,不管还要经过多少艰难曲折,不管还要经历多少时间,人类总会越变越好的,人类大同之域绝不会仅仅是一个空洞的理想。但是,想要达到这个目的,必须经过无数代人的共同努力。有如接力赛,每一代人都有自己的一段路程要跑。又如一条链子,是由许多环组成的，每一环从本身来看，只不过是微不足道的一点东西，但是没有这一点东西，链子就组不成。在人类社会发展的长河中，我们每一代人都有自己的任务，而且是绝非可有可无的。如果说人生有意义与价值的话，其意义与价值就在这里。

但是，这个道理在人类社会中只有少数有识之士才能理解。鲁迅先生所称之"中国的脊梁"，指的就是这种人。对于那些肚子里吃满了肯德基、麦当劳、比萨饼，到头来终不过是浑浑噩噩的人来说，有如夏虫不足以语冰，这些道理是没法谈的。他们无法理解自己对人类发展所应当承担的责任。

话说到这里，我想把上面说的意思简短扼要地归纳一下：如果人生真有意义与价值的话，其意义与价值就在于对人类发展的承上启下、承前启后的责任感。

一九九五年

三思而行

"三思而行",是我们现在常说的一句话,是劝人做事不要鲁莽,要仔细考虑,然后行动,则成功的可能性会大一些,碰壁的可能性会小一些。

要数典而不忘祖,也并不难。这个典故就出在《论语·公冶长第五》:"季文子三思而后行。子闻之曰:'再,斯可矣。'"这说明,孔老夫子是持反对意见的。吾家老祖宗文子(季孙行父)的三思而后行的举动,两千六七百年以来,历代都得到了几乎全天下人的赞扬,包括许多大学者在内。查一查《十三经注疏》,就能一目了然。《论语正义》说:"三思者,言思之多,能审慎也。"许多书上还表扬了季文子,说他是"忠而有贤行者"。甚至有人认为三思还不够,《三国志·吴志·诸葛恪传注》中说:有人劝恪"每事必十思"。可是我们的孔圣人却冒天下之大不韪，批评了季文子三思过多，只思两次（再）就够了。

这怎么解释呢？究竟谁是谁非呢？

我们必须先弄明白，什么叫"三思"。总起来说，对此有两个解释。一个是"言思之多"，这在上面已经引过。一个是"君子之谋也，始衷（中）终皆举之而后入焉"。这话虽为文子自己所说，然而孔子以及上万上亿的众人却不这样理解。他们理解，一直到今天，仍然是"多思"。

多思有什么坏处呢？又有什么好处呢？根据我个人几十年来的体会，除了下围棋、象棋等等以外，多思有时候能使人昏昏，容易误事。平常骂人说是"不肖子孙"，意思是与先人的行动不一样的人。我是季文子的最"肖"子孙。我平常做事不但三思，而且超过三思，是否达到了人们要求诸葛恪做的"十思"，没做统计，不敢乱说。反正是思过来，思过去，越思越糊涂，终而至于头昏昏然，而仍不见行动，不敢行动。我这样一个过于细心的人，有时会误大事的。我觉得，碰到一件事，绝不能不思而行，鲁莽行动。记得当年在德国时，法西斯统治正如火如荼。一些盲目崇拜希特勒的人，常常使用一个词儿Darauf-galngertum，意思是"说干就干，不必思考"。这是法西斯的做法，我们必须坚决扬弃。遇事必须深思熟虑。先考虑可行性，考虑的方面越广越好，然后再考虑不可行性，也是考虑的方面越广越好。正反两面仔细考虑完以后，就必须加以比较，做出决定，立即行动。如果你考虑正面，又考虑反面之后，再回头来考虑正面，又再考虑反面，那么，如此循环往复，终无宁日，最终成为考虑的巨人、行动的侏儒。

所以，我赞成孔子的"再，斯可矣"。

一九九七年五月十一日

毁誉

好誉而恶毁，人之常情，无可非议。

古代豁达之人倡导把毁誉置之度外。我则另持异说，我主张把毁誉置之度内。置之度外，可能表示一个人心胸开阔，但是，我有点担心，这有可能表示一个人的糊涂或颠顶。

我主张对毁誉要加以细致的分析。首先要分清：谁毁你？谁誉你？在什么时候？在什么地方？由于什么原因？这些情况弄不清楚，只谈毁誉，至少是有点模糊。

我记得在什么笔记上读到过一个故事。一个人最心爱的人，只有一只眼。于是他就觉得天下人（一只眼者除外）都多长了一只眼。这样的毁誉能靠得住吗？

还有我们常常讲什么"党同伐异"，又讲什么"臭味相投"等。这样的毁誉能相信吗？

孔门贤人子路"闻过则喜",古今传为美谈。我根本做不到,而且也不想做到,因为我要分析:是谁说的?在什么时候,在什么地点,因为什么而说的?分析完了以后,再定"则喜",或是"则怒"。喜,我不会过头。怒,我也不会火冒十丈,怒发冲冠。孔子说:"野哉,由也!"大概子路是一个粗线条的人物,心里没有像我上面说的那些弯弯绕。

我自己有一个颇为不寻常的经验。我根本不知道世界上有某一位学者,过去对于他的存在,我一点都不知道,然而,他却同我结了怨。因为,我现在所占有的位置,他认为本来是应该属于他的,是我这个"鸠"把他这个"鹊"的"巢"给占据了。因此,勃然对我心怀不满。我被蒙在鼓里,很久很久,最后才有人透了点风给我。我不知道,天下竟有这种事,只能一笑置之。不这样又能怎样呢?我想向他道歉,挖空心思,也找不出丝毫理由。

大千世界,芸芸众生,由于各人禀赋不同,遗传基因不同,生活环境不同,所以各人的人生观、世界观、价值观、好恶观等,都不会一样,都会有点差别。比如吃饭,有人爱吃辣,有人爱吃咸,有人爱吃酸,如此等等。又比如穿衣,有人爱红,有人爱绿,有人爱黑,如此等等。在这种情况下,最好是各人自是其是,而不必非人之非。俗语说:"各人自扫门前雪,不管他人瓦上霜。"这话本来有点贬义,我们可以正用。每个人都会有友,也会有"非友",我不用"敌"这个词,避免误会。友,难免有誉;非友,难免有毁。碰到这种情况,最好抱上面所说的分析的态度,切不要笼而统之,一锅糊涂粥。

好多年来,我曾有过一个"良好"的愿望:我对每个人都好,也希望每个人对我都好。只望有誉,不能有毁。最近我恍然大悟,那是根本不可能的。如果真有一个人,人人都说他好,这个人很可能是一个极端圆滑的人,圆滑到琉璃球又能长只脚的程度。

一九九七年六月二十三日于同仁医院

知足知不足

曾见冰心老人为别人题座右铭:"知足知不足,有为有不为。"言简意赅,寻味无穷。特写短文两篇,稍加诠释。先讲知足知不足。

中国有一句老话:"知足常乐。"为大家所遵奉。什么叫"知足"呢?还是先查一下字典吧。《现代汉语词典》说:"知足:满足于已经得到的(指生活、愿望等)。"如果每个人都能满足于已经得到的东西,则社会必能安定,天下必能太平,这个道理是显而易见的。可是社会上总会有一些人不安分守己,癞蛤蟆想吃天鹅肉。这样的人往往要栽大跟头的。对他们来说,"知足常乐"这句话就成了灵丹妙药。

但是,知足或者不知足也要分场合的。在旧社会,穷人吃草根树皮,阔人吃燕窝鱼翅。在这样的场合下,你劝穷人知足,能劝得动吗？正相反，应当鼓励他们不能知足，要起来斗争。这样的不知足是正当的，是有重大意义的，它能伸张社会正义，能推动人类社会前进。

除了场合以外，知足还有一个分（fèn）的问题。什么叫分？笼统言之，就是适当的限度。人们常说的"安分""非分"等等，指的就是限度。这个限度也是极难掌握的，是因人而异、因地而异的。勉强找一个标准的话，那就是"约定俗成"。我想，冰心老人之所以写这一句话，其意不过是劝人少存非分之想而已。

至于知不足，在汉文中虽然字面上相同，其含义则有差别。这里所谓"不足"，指的是"不足之处""不够完美的地方"。这句话同"自知之明"有联系。

自古以来，中国就有一句老话："人贵有自知之明。"这一句话暗示给我们，有自知之明并不容易，否则这一句话就用不着说了。事实上也确实如此。就拿现在来说，我所见到的人，大都自我感觉良好。专以学界而论，有的人并没有读几本书，却不知天高地厚，以天才自居，靠自己一点小聪明——这能算得上聪明吗？——狂傲恣睢，骂尽天下一切文人，大有用一管毛锥横扫六合之概，令明眼人感到既可笑，又可怜。这种人往往没有什么出息。因为，又有一句中国老话："学如逆水行舟，不进则退。"还有一句中国老话："学海无涯。"说的都是真理。但在这些人眼中，他们已经穷了学海之源，往前再没有路了，进步是没有必要的。他们除了自我欣赏之外，还能有什么出息呢？

古代希腊人也认为自知之明是可贵的，所以语重心长地说出了："要了解你自己！"中国同希腊相距万里，可竟说了几乎是一模一样的话，可见这些话是普遍的真理。中外几千年的思想史和科学史，也都证明了一个事实：只有知不足的人才能为人类文化做出贡献。

二〇〇一年二月二十一日

有为有不为

"为",就是"做"。应该做的事,必须去做,这就是"有为"。不应该做的事必不能做,这就是"有不为"。

在这里,关键是"应该"二字。什么叫"应该"呢?这有点像仁义的"义"字。韩愈给"义"字下的定义是"行而宜之之谓义"。"义"就是"宜",而"宜"就是"合适",也就是"应该",但问题仍然没有解决。要想从哲学上,从伦理学上,说清楚这个问题,恐怕要写上一篇长篇论文,甚至一部大书。我没有这个能力,也认为根本无此必要。我觉得,只要诉诸一般人都能够有的良知良能,就能分辨清是非善恶了,就能知道什么事应该做,什么事不应该做了。

中国古人说:"勿以善小而不为,勿以恶小而为之。"可见善恶是有大小之别的,应该、不应该也是有大小之别的,并不是都在一个水平上。什么叫大，什么叫小呢？这里也用不着烦琐的论证，只需动一动脑筋，睁开眼睛看一看社会，也就够了。

小恶、小善，在日常生活中随时可见。比如，在公共汽车上给老人和病人让座。能让，算是小善；不能让，也只能算是小恶，够不上大逆不道。然而，从那些一看到有老人或病人上车就立即装出闭目养神的样子的人身上，不也能由小见大看出了社会道德的水平吗？

至于大善大恶，目前社会中也可以看到，但在历史上却看得更清楚。比如宋代的文天祥。他为元军所虏，如果他想活下去，屈膝投敌就行了，不但能活，而且还能有大官做，最多是在身后被列入《贰臣传》，"身后是非谁管得"，管那么多干吗呀？然而他却高赋《正气歌》，从容就义，留下英名万古传，至今还在激励着我们的爱国热情。

通过上面举的一个小恶的例子和一个大善的例子，我们大概对大小善和大小恶能够得到一个笼统的概念了。凡是对国家有利，对人民有利，对人类发展前途有利的事情就是大善，反之就是大恶。凡是对处理人际关系有利，对保持社会安定团结有利的事情可以称之为小善，反之就是小恶。大小之间有时难以区别，这只不过是一个大体的轮廓而已。

大小善和大小恶有时候是有联系的。俗话说："千里之堤，溃于蚁穴。"拿眼前常常提到的贪污行为而论，往往是先贪污少量的财物,心里还有点打鼓。但是,一旦得逞,尝到甜头,又没被人发现,于是胆子越来越大,贪污的数量也越来越多,终至于一发而不可收拾,最后受到法律的制裁,悔之晚矣。也有个别的识时务者,迷途知返,就是所谓浪子回头者,然而难矣哉!

我的希望很简单,我希望每个人都能有为有不为。一旦"为"错了,就毅然回头。

二〇〇一年二月二十三日

糊涂一点，潇洒一点

最近一个时期，经常听到人们的劝告：要糊涂一点，要潇洒一点。

关于第一点糊涂问题，我最近写过一篇短文《难得糊涂》。在这里，我把糊涂分为两种：一种叫真糊涂，一种叫假糊涂。普天之下，绝大多数的人，争名于朝，争利于市。尝到一点小甜头，便喜不自胜，手舞足蹈，心花怒放，忘乎所以。碰到一个小钉子，便忧思焚心，眉头紧皱，前途暗淡，哀叹不已。这种人滔滔者天下皆是也。他们是真糊涂，但并不自觉。他们是幸福的，愉快的，愿老天爷再向他们降福。

至于假糊涂或装糊涂，则以郑板桥的"难得糊涂"最为典型。郑板桥一流的人物是一点也不糊涂的。但是现实的情况又迫使他们非假糊涂或装糊涂不行。他们是痛苦的。我祈祷老天爷赐给他们一点真糊涂。

　　谈到潇洒一点的问题，首先必须对这个词进行一点解释。这个词圆融无碍，谁一看就懂，再一追问就糊涂。给这样一个词下定义，是超出我的能力的。还是查一下词典好。《现代汉语词典》的解释是："（神情、举止、风貌等）自然大方、有韵致，不拘束。"看了这个解释，我吓了一跳。什么"神情"，什么"风貌"，又是什么"韵致"，全是些抽象的东西，让人无法把握。这怎么能同我平常理解和使用的"潇洒"挂上钩呢？我是主张模糊语言的，现在就让"潇洒"这个词模糊一下吧。我想到中国六朝时代一些当时名士的举动，特别是《世说新语》等书所记载的，比如刘伶的"死便埋我"，什么雪夜访戴，等等，应该算是"潇洒"吧。可我立刻又想到，这些名士，表面上潇洒，实际上心中如焚，时时刻刻担心自己的脑袋。有的还终于逃不过去，嵇康就是一个著名的例子。

　　写到这里，我的思维活动又逼迫我把"潇洒"也像糊涂一样分为两类：一真一假。六朝人的潇洒是装出来的，因而是假的。

　　这些事情已经"俱往矣"，不大容易了解清楚。我举一个现代的例子。二十世纪三十年代，我在清华读书的时候，一位教授（姑隐其名）总想充当一下名士，潇洒一番。冬天，他穿上锦缎棉袍，下面穿的是锦缎棉裤，用两条彩色丝带把棉裤紧紧地系在腿的下部。头上头发也故意不梳得油光发亮。他就这样飘飘然走进课堂，顾影自怜，大概十分满意。在学生们眼中，他这种矫揉造作的潇洒，却是丑态可掬，辜负了他一番苦心。

同这位教授唱对台戏的——当然不是有意的——是俞平伯先生。有一天，平伯先生把脑袋剃了个精光，高视阔步，昂然从城内的住处出来，走进了清华园。园内几千人中这是唯一的一个精光的脑袋，见者无不骇怪，指指点点，窃窃私议，而平伯先生则全然置之不理，照样登上讲台，高声朗诵宋代名词，摇头晃脑，怡然自得。朗诵完了，连声高呼："好！好！就是好！"此外再没有别的话说。古人说"是真名士自风流"。同那位教英文的教授一比，谁是真风流，谁是假风流；谁是真潇洒，谁是假潇洒，昭然呈现于光天化日之下。

这一个小例子，并没有什么深文奥义，只不过是想辨真伪而已。

为什么人们提倡糊涂一点，潇洒一点呢？我个人觉得，这能提高人们的和为贵的精神，大大地有利于安定团结。

写到这里，这一篇短文可以说是已经写完了。但是，我还想加上一点我个人的想法。

当前，我国举国上下，争分夺秒，奋发图强，巩固我们的政治，发展我们的经济，期能在预期的时间内建成名副其实的小康社会。哪里容得半点糊涂、半点潇洒！但是，我们中国人一向是按照辩证法的规律行动的。古人说："文武之道，一张一弛。"

有张无弛不行，有弛无张也不行。张弛结合，斯乃正道。提倡糊涂一点，潇洒一点，正是为了达到这个目的的。

二〇〇二年十二月十八日

图书在版编目（CIP）数据

人生缓缓，自有答案 / 季羡林著. -- 南京 : 江苏凤凰文艺出版社, 2025. 6. -- ISBN 978-7-5594-9404-7

Ⅰ. I267

中国国家版本馆CIP数据核字第2025W86B58号

人生缓缓，自有答案

季羡林　著

责任编辑	曹　波	
责任印制	杨　丹	
特约编辑	牛　雪	
装帧设计	TT Studio 谈天	
出版发行	江苏凤凰文艺出版社	
	南京市中央路 165 号，邮编：210009	
网　　址	http://www.jswenyi.com	
印　　刷	三河市中晟雅豪印务有限公司	
开　　本	880 毫米 × 1230 毫米　1/32	
印　　张	7.75	
字　　数	146 千字	
版　　次	2025 年 6 月第 1 版	
印　　次	2025 年 6 月第 1 次印刷	
书　　号	ISBN 978-7-5594-9404-7	
定　　价	55.00 元	

江苏凤凰文艺版图书凡印刷、装订错误，可向出版社调换，联系电话 025-83280257